참 좋은 세상이었네

해오름예술촌 촌장

참 좋은
세상이었네

세상 읽기

불이 정금호의

우리글

우리가 더불어 만날 수 있는 날이 얼마나 남아 있는지 알 수가 없습니다. 그동안 살아온 세상은 '살 맛', '못 살 맛'을 내게 가르쳐주며, 내가 살아 있다는 것을 순간순간 확인시켜 주었습니다. 그리고 세상은 나에게 인내와 고통, 즐거움과 환희, 추억과 회한, 고독과 낭만을 늘 함께 선물해 주었습니다.

꿈과 희망을 갖고 살도록 해주었으며 오늘보다 좋은 내일, 올해보다 새로운 내년을 꿈꿀 수 있게 했습니다. 내가 볼 줄 모르고 생각할 줄 몰라 겁 없이 세상을 대할 때도 많았고, 용서받을 수 없는 잘못을 저지른 적도 있었습니다. 그러나 세상은 모든 것을 받아들여 용서해주었고, 베풀어주었습니다.

이제 한 점의 후회도 없으며 미련도 없습니다. 세상과 함께 어우러져 웃고 운 그 모든 순간들이 오래도록 제 가슴 깊이 간직해야 할 소중한 것이기 때문입니다. 그 모든 것을 깨닫게 해주고, 행복을 안겨주었으며, 아낌없이 내게 다 내어준 세상, 그 세상과 하나 되어 덩실덩실 춤추며 뒹굴고 싶습니다. 세상이 내가 되고, 내가 세상이 되어 '아직도 세상은 살아볼 만한 곳'이라는 것을 이웃에게 전하고 싶습니다.

좋은 사람들을 만나고, 좋은 추억만을 만들어준 세상과 세상 사람들에게 사랑과 감사의 뜻으로 이 책을 바칩니다.

불이不二 정금호

여행이란 내가 나에게 베푸는 선물이라는 말이 있다. 그러나 더러는 그 귀한 선물이 오히려 짐이 되어, 돌아온 후에도 기억하기 싫은 앙금으로 남기도 한다. 여행은 잡동사니에 섞여 허우적대며 살던 일상에서 진정으로 '나'를 쉬게 하고 잠시나마 무거운 '나'를 내려놓을 수 있을 때 비로소 값진 선물이 된다.

다양한 여행지를 수없이 다녀왔지만 갈 때마다 새로운 설렘과 기대는 일상이 되어버렸다. 매년 1월 초에 한 해의 여행 계획을 세우고 나면 가슴 떨리는 그날의 축제를 생각하며 신들린 사람 마냥 매일 매일을 즐겁게 살아간다.

6월에 계획된 티베트 커피여행으로 마음이 들떠 벌써부터 상상의 나래를 펼쳐본다. 티베트 제2의 도시 포카라에서 설산을 곁에 두고 한 시간쯤 달려 샹자 커피마을에 도착해 대대로 커피재배를 해온 억센 노인을 만나 그가 정성들여 재배한 열매를 장작불에 볶고, 낡고 찌그러진 냄비에 끓여 마시는 장면을 생각해 본다. 사람과 삶의 향기로 그윽할 커피 향과 오두막의 정취는 벌써부터 소름끼치는 행복이 아닌가.

11월의 아프리카 커피여행, 케냐의 '케냐 AA 플러스' 헤밍웨이가 가장 아프리카다운 커피라고 칭송한 탄자니아 '킬리만자로', 세계3대 커피 중의 하나인 예멘의 '모카 마타리'. 매일 마시면서도 어디서 어떻게 여기까지 왔는지 모르는 아쉬움을 풀어줄 그날을 꿈꾸며 검은 대륙 아프리카 현지에서 마실 한 잔의 커피를 생각한다.

고된 돈벌이도 막 신명이 나고 고달프지 않은 것은 어쩌면 '여행 간다'는 설렘 덕분이 아닐까. 커피를 마시러 오는 손님들이 내가 갈 여행지에서 만날 사람들과 이어질 인연이라 생각하며 이분들에게 최선을 다하고 있는지 모른다.

급조하는 며칠간의 여행이 아니라 일상 속에서 살아 숨쉬며 가슴으로 시작하는 여행이므로 사람들을 만나 무엇을 얻어 오는 것이 아니라 무엇을 남기고 올 것인가를 생각한다.

여행지의 역사나 문화 이야기는 크게 고려할 사항이 아니다. 거기 살고 있는 사람들과 어떤 추억으로 만나고 왔느냐가 중요할 뿐이다. 언제나 내 여행의 화두는 '그곳에 사는 사람들을 만나 함께 느껴보자.'이다.

거기서 함께 했던 사람들의 모습과 숨결들이 오래도록 내 안에 남아 나를 풍성하게 만들고, 남에게도 나누어 줄 수 있는 그런 사람으로 남고 싶다.

차례

✽ 3부 _ 세상을 돌고 돌아

✿ 5부 _ 혼자서 가는 길

1부

시안 가는 길

인연

*

　:::::::: 1996년 중국 시안의 함양 공항, 지금처럼 공항이 현대화되지 않아 비행기 트랩에서 내려 걸어서 공항청사로 들어갈 만큼 시설이 빈약했다.

　나는 비행기나 버스를 타고 내릴 때 수시로 소지품을 두고 내려 낭패를 보는 경우가 종종 있는데, 그날도 비행기에 지갑을 두고 내려 다시 돌아가 찾아오다 보니 일행은 이미 짐을 찾아 공항 밖으로 나가버린 후였다.

　공항 밖에는 환영 나온 시안촬영가협회 회원들이 한국에서 온 우리 일행에게 화환을 목에 걸어주며 환영인사를 한 후 우리 측 회원들의 짐을 받아들고 각각 담당자를 정해 안내를 해주고 있었다. 다들 안내해 줄 짝을 찾아 인사를 나누고 있는데 늦게 나온 탓으로 선택 받지 못하고, 마지막 한 명 남은 중국 측 회원과 어쩔 수 없이 짝이 되었다.

　혼자 남아 나를 기다리고 있던 그는 작은 키에 체구가 다부지게 생긴 사람으로 썩 호감이 가지 않는 인상이었으나, 어쩌랴! 남은 사람이 혼자 뿐이니, 마지막에 나온 죄로 그와 짝이 될 수밖에 없었다. 멀찌감치 떨어져 서 있던 그 역시, 같이 간 다른 회원들과 전혀 다른 옷차림을 한 내가 그리 탐탁지 않은 눈치였다. 안 영찬. 그것이 그와 나의 첫 대면이었고 지금까지 변치 않는 우정으로 만남을 이어오고 있다.

그를 통해 중국인과 중국인의 마음을 읽을 수 있었으며, 중국의 산하山河와 문화에 빠져들었고 대륙의 바람과 시장통의 퀴퀴한 냄새를 그리워 할 수 있게 되었다.

삶이 힘들고 지겨워지거나, 역사의 발자취를 따라 하염없이 걷고 싶어질 때면 망설이지 않고 봇짐 하나 걸머지고 시안 행 비행기를 탄다.

공대를 나온 엔지니어인 그의 아내는 공대 출신이라는 걸 믿을 수 없을 만큼 조용히 미소를 짓고, 그의 외아들 안예安睿는 나를 얼싸안고 '삼촌'이라 부르며 반기곤 한다. 그들을 만나면 인간의 정과 포근한 안도감이 느껴진다.

내 명함 윗부분에는 '참 좋은 인연입니다'라고 새겨져 있다.

옷깃을 스치는 것만 해도 크나큰 인연이라고 했는데 수억 만 리 떨어져 살며 말 한마디 제대로 통하지 않는 사이이지만 우리는 참 좋은 인연으로 만나 참 좋은 관계를 이어 가고 있다.

한국사진작가협회 진주지부와 서안촬영가협회와의 국제 사진교류전. 정현표 진주 지부장과 시안 주석 종극창과의 인간적인 만남, 사진과의 만남에서 시작된 작은 인연이 이제 내 삶의 중심이 되어버렸다.

시안에 대한 친근한 느낌과 시안 친구들에 대한 믿음으로 시작된 중국 병은 나를 뜨겁게 했고 내가 어려워질 때면 언제든지 달려와 줄 것 같은 그들을 믿고 종횡무진 하고 싶은 사업들을 마음껏 할 수 있었다. 내가 서있는 이 땅에 그들이 함께 있다는 것만으로도 용기가 났고 자신감이 생겼다.

석가장과 샤먼의 석조각품, 산동성의 건축 석재. 이싱의 자사다구, 닝보의 원목가구, 운남의 차茶. 광저우의 옥玉 시장과 골동품. 이우의 공예품…… 사업을 하며 사람들을 만나고, 대륙의 기氣를 마음껏 마시며 내 집같이 드나들었다.

시안에 머무는 동안에는 친구들의 환영 만찬이 저녁마다 있다. 두 시간이 넘게 식사를 하는 동안 그들과 통할 수 있는 말이라고는 '깐베이' '쒜이에' 등 불과 몇 마디 정도뿐이지만 그 시간이 그렇게 행복하고 즐거울 수가 없다.

지금 내가 하고 있는 일들을 즐기며 내가 만나고 있는 모든 사람을 소중히 여길 수 있게 해주는 마음 역시 그들과의 행복한 인연에서 비롯된 것이 아닐까 싶다.

내가 책임집니다

:::::::: 1990년대 한국사진작가협회 진주 지부와 서안촬영가협회는 국제사진교류전을 통해 협약을 맺었다. 촬영을 위해 교환 방문하며 서로 협력하기로 한 것이다. 그 한 가지 방안으로 매년 4월 한국 측이 시안의 행사에 참여하고, 10월에는 중국 측이 진주 개천예술제에 참여하며, 방문 인원은 십여 명 내외로 하고 체류기간은 6박7일 정도로 정해졌다.

그 당시 나는 한국사진작가협회 진주지부 총무간사로 지부 살림을 맡아 하던 터라 중국 체류 기간 동안 회원들의 경비 지출을 담당할 수밖에 없었다. 호텔에 짐을 풀고 난 후 가만히 생각해보니 체류기간동안 회원들의 경비 지출과 결산 때문에 개인적으로 하고 싶은 일은 하지 못하는 불편한 여행이 될 것 같아 매우 난감했다.

그 때 마침 가이드 겸 통역을 맡은 아가씨가 들어오는 것이 보였다. 통역을 보는 순간, '그래 믿어보자. 이제껏 살아오면서 사람을 믿어 손해 본 적이 없었으니 이번에도 믿어보자. 생소한 중국 땅에서 처음 만나는 사람이긴 하지만 여기도 사람 사는 땅이고, 사람은 누구나 따뜻한 가슴을 갖고 있지 않은가. 적은 돈은 아니지만, 이 일로 이 땅의 첫 느낌과 대륙의 자존심을 평가할 수 있다면 충분한 대가가 될 것이다. 하나를 보고 열 개를 평가할 수 없으며 또 그렇게 해서도 안 되겠지만, 이것이 내 방식이 아닌가. 이 첫 만남에서 나와 대륙의 인연을 건 승부를 해보자.' 는 생각이 들었다.

통역의 이름은 한성숙. 시안에 있는 서북정법대학을 졸업하고 처음으로 통역을 해보는 거라고 했다.

"한 양, 회원 전부가 사용할 체류 경비를 모두 내가 가지고 있는데 내가 돈도 잘 잃어버리고 지출하고 결산하는 것은 잘하지 못하니, 한 양이 가지고 다니면서 그 일을 해주면 좋겠습니다."

금액은 약 사백만 원. 당시 중국 현지 초등학교 교사 한 달 월급이 사만 원정도였으니, 십년 월급이 넘는 큰돈이었다. 시안으로 유학 와서 갓 대학을 졸업한 한 양으로서는 이 상황이 이해가 잘 되지 않는 눈치였다.

몇 번이나 거절하며 이상한 사람으로 오인하는 그를 달래어 현금 전부를 넘겨주고 홀가분한 기분으로 단잠을 자고 일어난 다음날 아침, 회원들의 볼멘소리가 나오기 시작했다.

"대체 뭘 믿고 생판 모르는 중국 사람에게 현금을 모두 맡겼습니까. 다 가지고 도망가 버리면 이 넓은 땅덩어리에서 찾을 수도 없을 건데, 어쩔 셈입니까?"

"내가 책임집니다. 그렇게 되면, 다시 한국에서 제 개인 돈을 송금하도록 해서 회원님들께는 절대 누가 되지 않도록 하겠습니다. 비록 큰돈이

긴 하지만, 다음을 위해 그 돈으로 넓고 큰 땅에서 살고 있는 사람들의 자존심을 시험해 보고, 대륙에 사는 사람들의 마음도 땅처럼 크고 넓은지 알고 싶습니다."

한 양은 믿어준데 대한 보답으로 돌아오는 날까지 회원 모두에게 불편함이 없도록 최선을 다 했다. 적은 돈도 절약하려고 애썼으며 매일 매일 정확한 지출과 결산 보고를 통해 알찬 여행이 되도록 해주었다.

이 일을 통해 나는 대륙에 사는 사람들의 자존심을 알 수 있었다. 무조건 사람을 믿고자 했던 것은, 그 사람을 위해서가 아니라 믿지 않으면 나 자신이 불편하기 때문이었다.

물론 믿었기 때문에 금전적으로 손해 본 일이 몇 번 있긴 했다. 그것은 그 사람이 속여서가 아니라 내가 속아 주었기 때문이며 그 때 돈이 없어지지 않았으면, 내가 병으로 고생하며 더 많이 없어졌을지도 모른다.

내가 조물주로부터 받은 주머니가 그렇게 크지 않다는 것을 나는 잘 알고 있다. 그리고 내 주머니에 다 담지 못할 돈은 어떻게든 없어지게 마련이다. 그릇을 넘치는 물이 주위까지 어지럽히듯이 내가 가진 주머니보다 큰돈은 결국 나를 타락시키는 도구가 되고 말았을 것이다.

중요한 것은 내가 나를 속인 사람들보다 훨씬 더 즐겁고 행복하게 살고 있다는 점이다. 서로가 서로를 믿고 산다는 것 만큼 행복한 일은 없다. 그렇게 되기 위해서는 먼저 자신을 믿어야 한다. 자신에 대한 확실한 믿음 없이는 남을 신뢰하기도 어려울 뿐만 아니라 남도 나를 신뢰하려 하지 않는다.

그때 앳된 아가씨로 통역을 맡았던 한성숙 씨는 회원들의 초대로 여러 차례 한국에 다녀갔다. 작은 인연으로 시작되었지만, 그것이 지금까지 내가 중국에 대해 느끼고 생각하는 밑거름이 된 것이다.

깐베이

❋

::::::: 술이 약해 소주 두 잔 정도만 마셔도 머리가 아프고 잠이 쏟아진다. 선천적으로 타고난 체질인 것 같다. 술을 좋아하는 사람들이 무의식중에 하는 태도 중에 몇 가지가 나는 특히 못마땅하다. 상대방의 주량이나 감정은 개의치 않고 억지로 먹이려고 하는 것과 개선장군처럼 큰소리치며 많이 마시는 것이 장부의 기상이라고 주장하며 우리 같은 사람을 졸장부 취급하는 태도는 정말 싫다.

사람이 술을 마시는 것으로 시작해 술이 술을 먹다가 끝내는 술에 잡혀 먹힌 사람들이 온갖 헛소리와 시비로 술판을 어지럽히는 것을 보면 정나미가 떨어진다.

사랑의 마음을 담은 와인 한 잔으로 서로의 감정을 존중하고, 맥주한 컵으로 한 두 시간의 대화를 거뜬히 이끌어가는 서양 사람들의 음주문화가 대중화되지 못하는 까닭은 우리의 정서와 전통적 관습이 깊게 뿌리내리고 있기 때문일 것이다.

그렇다고 우리의 음주문화가 서양에 비해 나쁘다는 것은 아니다. '나'

로 시작하는 지극히 개인적인 사고방식과 '우리'로 시작하는 공동체적 사고방식은 출발점에서부터 전혀 다르기 때문이다. 내 집, 내 나라가 아닌 우리 집, 우리나라는 얼마나 정겨운 말인가.

'야, 니 아직도 안경 끼고 있나? 빨리 비우고 내 한 잔 주라.'

'건배, 우리가 남이가!'

나의 건배 구호는, '나가자'이다. '나라와 가정과 자신을 위하여!'

그렇게 술판은 익어가고 우정도 깊어 간다. 술을 마시는 것이 아니라 즐기는 자리가 될 때, 비로소 술은 약이 되고 교감의 다리가 되어줄 것이다.

술이 잘 받지 않는 체질인데도 불구하고 젊은 시절에는 참 많이도 마셨다. 대학생일 때는 세상이 모두 내 것인 양, 사회 비판을 안주삼아 폼이 나는 막걸리로, 공병장교 시절에는 건설현장에서 힘들어하는 부하들과 깡 소주로, 잘 나가는 건설회사 사장이었을 때는 최고급 양주로 냅다 마셨지만 취하는 줄도 몰랐다. 그러다 보니 건강에 빨간불이 켜졌고, 조심하다 보니 주량도 줄어들고 술 냄새도 싫어졌다.

그런데 술좌석을 마다하고는 결코 마음으로 가까워질 수 없는 술의 천국, 중국이 내게 다가온 것이다. 한때 가짜 소동으로 흠집이 나긴 했지만 그 유명한 마오타이 주, 칭다오 맥주, 시안의 서봉주…… 각 성마다, 도시마다 독특한 술을 만들어 운치 있는 도자기 술병으로 한층 술맛이 나게 하는 중국의 술을 즐겨야 할 운명이 된 것이다.

'달아, 달아, 밝은 달아, 이태백이 놀던 달아……'

중국 당대 최고의 낭만 시인이자 술과 달의 시인인 이태백 그가 오죽

했으면 달과 놀며 술에 취했을까. 중국 사람들에게 술은 낭만이며 삶 그
자체이다.

시안의 친구들과 처음 어울려 식사와 함께 마시게 된 60도가 넘는 술
은 소름이 끼칠 정도로 무시무시하게 느껴졌다. 식탁 위에 엎질러진 술
에 불을 붙이는 순간, 중학교 과학시간이 떠올랐다. 과학 실험을 하기
위해 알코올램프에 불을 켰을 때 타오르는 새파란 불길.

질끈 눈을 감았다. 이때까지 살아오면서 그리 재수 없는 인생은 아니
었는데 설마 죽기야 하겠는가. 항상 운명은 내 편이었고 모든 것이 좋게
시작되고 후회 없이 마무리 되지 않았는가. 친구들과 내 의지를 믿으면
서 입으로 먹지 말고 정신으로 마셔보자. 어차피 한번은 넘어야 할 관문
이라면 사나이답게 멋지게, 대한 남아의 기개를 만방에 떨치고 쓰러지자.

술잔을 비우고 나면 연신 채우고, 채워지고 나면 곧바로 들고 '깐베이'
우리 식으로 원 샷이다. 마시고 난 빈 잔은 머리위에서 뒤집어 한 방울도
남기지 않았음을 보여야 한다. 마시고, 뒤집고, 마시고, 뒤집고, 깐베이,
깐베이……

신고식치고는 참으로 거룩했다. 열 명이 넘는 친구들이 돌아가면서 몇
번씩이나 공략을 했으니 얼마나 마셨겠는가. 입으로 마시던 한국 동료
들이 몇 잔을 마시고 모두 거절하자 혼자서 다 받아 마시기 시작했다.
어차피 승부를 걸었다. 황하의 거센 물길을 느끼는 순간 운명적으로 모
든 것을 걸 수밖에 없는 승부가 아닌가.

이상한 일이다. 그렇게 많이 마셨는데도 머리도 아프지 않고 잠은커녕

정신이 더욱 말짱해지는 거다. 그 술이 내 체질에 맞았다. 중국술은 대부분 곡식을 발효시켜 만든 곡주이기 때문에 마신 뒤 숙취로 고생하는 일이 적다.

그리고 술이 취하면서 금방 깨는 이유는 술과 함께 계속 마시는 따뜻한 차와 기름진 요리 덕분이었다. 식당의 별실에 들어가면 미리 준비되어 있는 차를 종업원이 연신 따라주었다. 우정과 좋은 차와 좋은 술과 좋은 요리가 나를 구했고, 합격점을 받게 해주었다.

지금은 서안에 가서 술자리가 마련되면 엄지발가락에 통풍을 앓고 있는 내 건강상태를 잘 알고 있는 친구 안영찬이 옆 사람이 보지 않는 틈을 타서 자기가 마신 빈 잔을 냉큼 내 잔과 바꾸어 놓는다. 마치 내가 마신 것처럼. 친구야! 고맙다는 말은 하지 않기로 했으니 영원히 기억하겠다는 말로 대신하마.

건릉乾陵 가는 길

::::::: 산시 성 시안에서 서쪽으로 80km떨어진 함양咸陽시 건乾현에 있는 당唐 고종高宗 이치李治와 중국 역사상 유일한 여황제이며 '축천황후'라 부르는 무측천武側天의 황릉. 이곳은 세계적으로 유일하게 두 황제가 합장된 무덤이다.

당唐대 열여덟 기 능陵 중에서 가장 완전하게 보전되어 있는데, "나의 공적을 후세 사람들에게 평가하게 하라"는 유언과 함께 말 그대로 글자를 전혀 쓰지 않은 측천황후의 '무자비無字碑'가 세워져 있다.

그러나 역사의 현장에서 느끼는 감흥과 애환보다 이 주변에서 살아가고 있는 사람들의 모습이 내게는 더 가슴에 와 닿는다.

건릉 가는 길목에는 몇 가지 음식으로 손님을 맞는 우리네 민박촌 비슷한 마을이 있다. 관광객을 불러들일만한 이정표나 간판도 없어서, 중국 친구의 안내가 없으면 외국인은 도저히 찾아갈 수 없는 그런 외진 곳이었다.

그가 안내한 집은 예전부터 요리해온 재료와 방식으로 음식을 만들어

내놓는 작은 식당이었다. 주 요리는 닭곰탕과 비슷해보였고, 너 댓 접시에 담은 반찬이 다였다.

그런데 닭곰탕 맛도 맛이려니와 반찬의 재료나 맛이 통상 우리가 생각하는 중국 음식과는 사뭇 달랐다. 느끼함은 전혀 찾아볼 수 없었고, 어찌 그리 우리네 옛날 시골 음식과 맛이 같은지 깜짝 놀랄 수밖에 없었다.

옛날 한국의 수도 서울을 '장안長安'이라 했고, 여기 중국의 시안 역시 '장안長安'이라 부르고 있는 걸 보면, 한 핏줄이었거나 특별한 인연으로 깊이 교류했던 사이가 아니었을까 하는 생각이 든다.

가장 궁금한 것은 반찬에 사용된 식용유였다. 이제까지 맛본 중국 음식은 대부분 기름기가 많았는데, 이곳 음식은 한결같이 담백하고 정갈했다. 음식을 맛보며 신기해하는 우리에게 식당주인은 자신이 사용하고 있는 기름을 만드는 친구의 공장이 가까이 있으니, 우리가 원한다면 구경을 시켜주겠노라고 했다.

식사를 마치고 가본 곳은 공장이라기보다 우리네 시골 오일장 구석에 있는 기름집 같아 보였다. 거기서 기름공장 주인 내외는 전통 방식으로 유채 기름을 짜고 있었다. 아무 것도 섞지 않고 오로지 유채만으로 짜낸 기름은 참으로 고소했고, 냄새 또한 향긋했다. 인심 좋은 주인은 유채 기름 한 통을 우리 손에 덥석 쥐어주었다.

그러나 이렇게 양심적으로 생산한 농산물을 한국으로 수입하는 사람들 중에 일부 몰지각한 사람들은, 자신의 이익을 위해 불순물과 색소를 첨가하고 양을 늘려 중국 농산물을 불량품으로 둔갑을 시키기도 한다는 얘기가 떠올랐다. 순간, 이분들에게 미안한 마음이 들었다.

사람 좋은 주인은, 해박한 지식을 바탕으로 재미있는 음식 이야기와 시안의 지리와 풍토, 역사 등에 대해 설명해주더니 마지막으로 이렇게 말했다.

"음반지천飮飯之天, 음식은 하늘입니다."

그래, 음식이 하늘인데 그 하늘인 음식을 불량식품으로 만들어 하늘을 속이고 부를 얻으려는 사람은 하늘이 주는 천벌을 받아 마땅할 것이다.

비림碑林

:::::::: 시안 비림碑林 박물관. 비석이 숲을 이루고 있다고 하니 과히 그 규모와 명성을 짐작할 만하다. 일천여 개라는 엄청난 양量도 중요하지만, 비석을 통해 역사 안에서 살아 숨쉬고 있는 상상 속의 명인들과 함께하고 있다는 사실에 온 몸이 오싹할 정도의 전율을 느꼈다.

왕희지의 대담삼장지교비나 안진경의 안씨가묘비 하나만 보아도 가슴이 설레는 일이거늘 이 많은 비문들을 한걸음에 돌아본다는 것이 황송하고 미안할 지경이다.

청나라 말 정치가 임칙서는 유배를 가기 전에 현판을 쓰다가 점 하나는 돌아와서 마저 찍겠다고 하며 현판을 두고 떠났다고 한다. 그 후 그는 고향에 돌아오지 못했다. 그리고 천여 년의 세월이 지난 지금까지도 '비碑'자 위에는 점이 찍히지 못한 채 시간이 멈춘 듯 그대로이다.

영원히 미완성으로 남아버린 현판 앞에서 상념에 젖어 있는데, 어디선가 한국말이 들려왔다.

"저 사람은 공자 후손인 모양이네?"

"공자 후손이 저렇게 생겼구나!"

때마침 단체 관광을 온 한국 사람들이 나를 보며 수군거리고 있었다.

몇 년 전, 독일 프랑크푸르트에서 열차를 타고 프랑스에서 열리는 재즈 페스티발을 보기 위해 파리 역에 내렸을 때의 일이 떠올랐다. 거기서 나는 '빈 라덴'이라고 오해를 받아 행사에 참가하지도 못한 채 돌아와야만 했다. 그런데 오늘은 한국 사람들로부터 공자 후손으로 대접받고 있으니, 웃어야 할지 울어야 할지……

사람이 속이 덜 차면 세인들의 주목을 끌기 위해 겉치레에 치중하게 된다고 하는데, 내가 내면이 부족한 것은 사실이나 굳이 변명해 보라고 한다면 보통 사람들이 즐겨 입는 옷들이 나에게는 거북하기 때문이다. 천편일률적으로 나오는 색상이 마음에 들지 않아 직접 자연 속에 있는 천연 자료들을 구해 염색하게 된 것이고, 짜임새가 세밀하게 된 천들은 공기가 잘 통하지 않을 것 같아서 느슨하게 짜여 있고 올이 굵은 것을 택해 입게 된 것이다.

특히 몸에 맞는 옷을 입으면 답답해서 크게 입는 편인데, 하체가 짧고 상체가 긴 신체구조 때문에 아예 목부터 발목까지 긴 옷으로 덮어 버리는 것이 버릇처럼 되었다. 그러한 차림새에 새카만 눈썹은 길게 하늘을 향해 치켜 올라가 있고, 수염은 허옇게 드리우고 있으니 별별 소리를 다 듣는 것은 어쩌면 당연한 일이다. 그러나 덕분에 오늘 같이 공자님 후손으로 대접 받는 일도 있으니 손해만 보는 것은 아닌 것 같다.

대황하大黃河

:::::::: 낙엽이 한잎 두잎 떨어지는 겨울의 초입에 들어설 무렵이면 무작정 떠나고 싶어진다. 추위에는 강하나 더위에 약한 내 체질도 체질이지만, 왠지 겨울여행이 내게 더 어울리는 것 같고 혼자 떠나는 여행이라면 여행객이 상대적으로 적은 시기에 다니는 것이 훨씬 편리하다는 생각이 한 몫을 하곤 한다. 그러나 이것은 표면적인 이유이고, 겨울이 되면 떠나지 않고는 못 배기는 선천적 역병에 걸려있기 때문이다.

교직에 있으며 주로 국내 여행을 하던 시절에는 방학기간 내내 자동차로 전국을 돌며 사람들을 만나고 책을 읽었다. 그래서 구형 코란도 차에 책과 텐트와 취사도구를 싣고 일상으로부터 탈출해 나만의 세상으로 떠나는 순간이면 온몸이 전율하는 듯한 느낌이 들곤 했다.

십 이년 동안 주행거리 120만 킬로미터를 달린 나의 애마 하얀색 코란도는 바닥 철판이 낡아 비가 오는 날이면 구멍 사이로 물방울이 튀어 올라 얼굴을 적시기도 했지만, 그마저 상쾌하게 느껴질 만큼 나는 여행에 미쳐 있었다.

가다가 피곤하면 적당한 곳을 찾아 텐트를 치고 이동식 침대에 누워 잠을 청했다. 그리고 한숨 자고 일어나 구름이 좋으면 구름 구경을 하다가 라면으로 배를 채웠다. 머물고 싶으면 조금 더 머물면 되고, 가고 싶을 때 떠나면 그만이었다.

그러던 어느 겨울, 아침 햇살 속에서 동해안을 달리고 있을 때였다. 차 내의 라디오에서 나오는 음악이 내 몸 구석구석을 찌르며 폐부까지 깊이 스며들어오는 것이 아닌가. 소용돌이치다 떨어지고 다시 넓은 곳에서 잔잔해졌다가 벼락을 치며 뒤집히는 물결소리, 그것은 바로 황병기 교수가 작곡한 '대大 황하黃河'였다.

'그래, 이제 더 넓은 곳으로 가서 배우고, 더 큰 세상을 보면서 더 큰 사람이 되어 보자.' 동해의 아침 햇살이 겨울바다와 어울려 환상의 춤을 추고 있는 그 순간, 하늘이 나에게 주는 강력한 메시지 같았다.

그날 이후 국내 여행을 마감하고 대 황하가 굽이치는 중국으로 눈길을 돌리게 되었다. 그리고 대륙의 바람과 냄새를 느끼고 싶어서 겨울만 되면 어김없이 괴나리봇짐을 둘러메게 된 것이다.

시안에서 출발한 자동차가 몇 시간을 달려 우리를 내려놓은 곳은 황하의 상류지점인 화순이라는 곳이었다. 그러나 그렇게 보고 싶었던 누런 물결은 보이지 않고, 강바닥의 펑퍼짐한 바위 위에서 노새 한 마리가 한가로이 풀을 뜯고 있었다. 강 폭은 대략 2킬로미터가 넘는 것 같은데 우리가 서 있는 이쪽에서 건너편까지 보이는 것은 멍석을 깐 것처럼 편편한 너럭바위뿐이었다.

강의 중심부가 가까워지는 순간, 나를 여기가지 끌고 온 그 마력의 물결 소리가 천둥을 치듯 나에게로 다가왔다. 수 십 미터 발밑에서 용트림하듯 온몸으로 바위를 때리며 굽이치는 엄청난 힘의 황색 물결을 보며 소리를 듣는 순간, 나는 그냥 두 눈을 질끈 감을 수밖에 없었다.

무슨 말을 하겠는가. 어떻게 인간이 만든 하잘 것 없는 언어로 이 광경을 표현할 수 있단 말인가. 깨어지지 않는 바위를 향해 온몸으로 부딪치다가 산산조각이 되어 은빛 물방울로 사라져가다가 다시 때리고 부서지고, 다시 때리고 부서지고……

천년일까, 만년일까. 거역할 수없는 운명, 그것은 눈 깜짝할 사이에 다가오는 것이며, 지극히 작은 일에서 시작되는 것. 흔히들 운명을 빙자하여 책임을 회피하거나, 운명이니 어쩔 수 없었다며 자포자기하고 변명을 하기도 하지만, 운명을 결정짓는 것은 나 자신이다.

운명에 대한 동양적 해석은 주로 태어난 날짜와 시간을 기준하여 해와 달을 포함한 자연 현상과 연계시켜 역술적으로 해석한다. 그런데도 한 날 한 시에 태어난 두 사람의 운명이 다른 까닭은, 각기 다른 삶의 방식을 갖고 있기 때문일 것이다. 운명의 기로에서 순응할 것인지, 거부할 것인지 결정하는 것은 바로 나 자신이다.

하필이면 내가 운전을 하던 그 시각에 그 음악이 나온 것일까. 그 순간 대황하의 거센 황토물이 내 속에 깊이 잠자고 있던 '큰 사람'의 운명을 깨운 것은 아닐까. 내게 운명 지어진 큰 사람은 높고 위대한 사람이 아니라, 서로를 이해하고 존중하며 사람답게 살아가는 '작아 보이지만 참으로 큰 사람'인 것이다.

하늘로부터 받은 내 삶의 마지막 날에 그려질 나의 그림은, 내 의지로 내가 직접 그리고 싶다. 어쩌면 그 그림의 바탕 색깔은 중국인들이 좋아하는 홍紅색이 될지도 모르겠다.

만두집 적발장

:::::::: 중국에 태어나 평생을 살아도 다 해보지 못하고 죽는 것 세 가지는 첫째 자기 나라를 다 돌아보지 못하는 것, 둘째 자기 나라 말을 다 배우지 못하는 것, 셋째 자기 나라 음식을 다 먹어보지 못하는 것이라고 한다. 중국요리의 명성은 이미 아는 바이지만 먹는 것에 들어가는 종류와 시간과 이야기는 상상을 초월할 정도로 다양하다.

중국에서 요리로 만들지 못하는 것은 하늘에서는 비행기요, 땅에서는 책상이며 바다에서는 잠수함이라는 말이 있듯이 그들은 어떤 것이든 요리로 만들어낸다.

세계적인 중국의 가천요리, 광둥요리, 산동요리, 북경요리는 말할 것도 없고, 중국을 그렇게 많이 돌아다니고 수없이 많이 식사를 했지만 호텔 뷔페를 제외한 다른 곳에서는 거의 같은 것을 먹어본 적이 없었다.

요즈음은 대부분의 식당들의 메뉴판이 실물 사진으로 되어있어서 한결 주문하기가 수월해졌지만 사진으로는 향을 맡을 수도 없고 재질도 구별하기가 쉽지 않다. 중국요리는 향을 중요시해 여러 가지 향료를 많이 사용하므로 익숙지 않은 사람은 먹기가 거북할 때가 있다.

그래서 음식을 주문할 때 메뉴판에 있는 한자 중에서 육, 돈, 마, 골, 어, 탕……. 등 아는 글씨 한 글자를 읽고 국물이나 고기 종류를 선택해 대강 주문을 하면, 내가 상상했던 것과 전혀 다른 음식이 나와 당황할 때가 많았다. 중국요리는 재료보다 요리 방법에 따라 여러 가지로 변하기 때문이다.

그래서 이제는 체면불구하고 내가 고안한 확실한 주문 방법으로 내 입맛에 정확히 맞는 음식을 주문해 먹는다. 먼저 식당에 들어가면 주위의 시선을 의식하지 않고 식당 내부 전체를 돌면서 다른 사람들이 테이블에 앉아 먹고 있는 음식들의 향을 맡으며 재료들을 검색하고 난 후 종업원을 데리고 다니며 봐두었던 것을 주문한다.

그러면 종업원들은 속으로는 귀찮겠지만 특이한 복장에 위엄스런 눈썹, 긴 수염을 나부끼는 도사 같은 내 모습에 압도 되었는지 친절하게 따라다니며 주문에 응해 주곤 한다.

중국말 한마디 못해도 먹고, 자고, 돌아다니는데 전혀 불편함을 느끼지 않고 중국의 풍토와 관습에 쉽게 적응할 수 있는 것은 어느 스님이 내게 말한 대로 전생에 중국 도인이어서 그런 것일까.

백 년의 역사를 가지고 있으며 세계 관광객이 두루 거쳐 가는 시안의 유명한 만두 전문점 적발장. 세상에 그 어떤 예술품이 그렇게 아름답고 정교할 수 있을까. 먹고 나면 곧 바로 없어질 한 개의 만두에 불과하지만 만두가 만들어내는 행복한 이야기는 그 자리에 함께 했던 친구, 가족,

연인의 가슴에 오래도록 남을 것이다.

입구에 설치해 놓은 전시대에서 그 모양의 다양함과 색깔에 감탄하며 만두 코스를 따라 가본다. 희귀하고 맛있는 만두가 몇 차례 나오고 나서 홀 내부의 등을 끄고 촛불이 가물거리는 황홀한 분위기가 연출될 때 종업원 아가씨가 펄펄 끓는 물이 담긴 커다란 냄비를 들고 들어온다. 그리고 냄비 속에 든 국물과 작은 만두 알을 주걱으로 퍼서 앞 접시에 각각 담아준다. 그릇에 담기는 만두의 개수에 따라 운명도 달라진단다.

한 개 : 순풍에 닻을 올린다.

두 개 : 두 가지 경사가 문에 이른다.

세 개, 여섯 개, 아홉 개 : 삼 육 구 앞으로 전진한다.

네 개 : 사계절 돈을 번다.

다섯 개 : 다섯 아들이 나란히 과거시험에 합격한다.

일곱 개 : 칠성이 높이 비춘다.

여덟 개 : 여덟 명의 신선이 바다를 건넌다.

열 개 : 완전무결하다.십전십미

결국 시안의 적발장에서 만두를 먹은 사람은 다 좋은 운명이 된다는 것이다. 나도 시안 만두집 덕분에 이렇게 행복해하며 날마다 즐거운 이야기 만들어가고 있는 것일까. 시안의 뒷골목에서 만나는 사람들과 풍경이 더 정겹게 느껴진다.

그곳을 다녀간 사람들은 만두 하나하나에 담겨져 있는 정성과 맛과 분위기를 오래도록 잊지 못하며 시안을 기억하게 될 것이다. 만두 하나로 고도 시안을 생각하게 하고 행복한 추억을 만들어내는 즐거운 나라, 그래서 나는 언제나 시안과 시안의 만두를 닮은 그곳 친구들을 그리워 하는 것이리라.

시안의 크리스마스

:::::::: 대륙의 광활함 속에 여유가 있으며 다반사茶飯事로 차茶를 마시는 차의 나라, 중국. 크리스마스 무렵이면 짬 시간을 내어 중국 서북부 내륙 깊이 묻혀 있는 역사의 도시 시안西安으로 멋진 친구들을 만나러 가곤 한다.

내가 시안 시내에서 택시를 타면 택시기사가 무전으로 어디엔가 연락을 한다.

"한국에서 자주 오는 도사가 오늘 시안에 왔어. 지금 내 택시에 태웠는데 기분이 참 좋아." 뭐 이런 내용 비슷한 것 같은데 이쯤 되면 나도 중국 시안에서 제법 유명인사가 된 셈이다.

크리스마스 무렵이면 시안 사람들도 미리 호텔 등을 예약해놓고 호텔에서 제공하는 쇼와 함께 음식과 술을 맛보며 가족이나 친구들과 함께 이브를 보내곤 한다.

1990년 크리스마스였다. 외국인들은 거의 다 자기 나라로 돌아가고, 넓은 공연장에 외국인이라고는 아마 나 혼자였던 것 같다. 한국에서 온 친구를 배려하는 마음으로 그곳에 사는 친구들이 사회자에게 추천을 해서 무대에서 노래를 부를 수 있는 기회가 주어졌다.

좋아하는 '칠갑산'을 부르기 시작했는데, 중간에 가사가 생각나지 않는 거다. 아무 노래나 막 섞어가며 불렀더니 한국말을 모르는 그들은 곡조가 그럴싸했는지 아낌없이 박수갈채를 보내주었다.

무대에서 내려오니, "한국말을 모르는 사람들만 있는 자리라고는 하지만, 어쩌면 그렇게 전혀 앞뒤가 맞지 않고 한국에도 없는 가사로 노래를 지어 부르신 건가요?"라며 통역자가 미소를 지었다.

"뭐가 대수요. '칠갑산' 속에 '동백 아가씨'와 '이별의 부산 정거장'을 섞어 불러도 가락만 그럴듯하면 되는 거 아니요."

웃으며 그 자리를 모면하고 나자, 중국에서 제일가는 바텐더가 나와서 칵테일을 만드는 묘기를 선보이더니 완성된 칵테일을 경매에 붙이는 순서가 되었다.

무대 위에서 중국 최고의 기술자가 만든 칵테일로 친구와 건배를 할 요량으로 나도 입찰에 참가했다.

50위엔 부터 시작된 가격이 300위엔을 넘어서게 되자 중국인 한 명과 1대1 경쟁을 하게 되었다. 500위엔, 550위엔, … 950위엔, 경매가 진행되는 동안 관중들은 모두 일어서서 고함을 지르고 박수를 치며 난리법석을 부렸다.

뒤에 알게 된 일이지만 이제까지 낙찰 가격은 대개 200위엔 정도였다고 한다. 그러니 엄청나게 치솟는 입찰 가격 때문에 소란이 일어날 수밖에 없었던 거다.

내 입에서 1000위엔이란 말이 나온 후, 중국인 측에서 즉시 1100위엔을 제시하는 순간, 나는 자리에서 일어나 경쟁자였던 중국인에게 목례를 보내며 "당신이 이겼습니다. 제가 양보하겠습니다. 진행되는 동안 참 즐거웠습니다. 메리 크리스마스!"라고 하며 자리에 앉았다. 그런데 곧이어 마이크를 통해 사회자의 목소리가 들렸다.

"낙찰자는 한국분입니다. 왜냐하면 이 칵테일의 최고 가격은 1000위엔으로 정해져 있기 때문에 먼저 1000위엔을 부른 저 한국분이 마시게 되었습니다!"

경쟁했던 그 중국인도 기꺼이 그 사실을 받아들이며 내게 악수를 청했다. 그리고 우리는 무대 위에서 같이 칵테일을 마시며 친구가 되었다. 또 한 명의 친구를 얻게 된 것이다.

사회자의 노련한 연기로 1000위엔당시 환율로 약 10만 원 정도이라는 외화를 중국은 획득하게 된 것이다. 동시에 그 당시에는 자주 볼 수 없었던 외국인에 대한 배려 속에 축제를 재미있고 부드럽게 만들어가는 유머와 위트, 그리고 그것을 흔쾌히 받아들여주는 시안 사람들을 통해 다시 한 번 대륙의 너그러움을 느낄 수 있었다.

해마다 크리스마스가 돌아오면 "수중에 100위엔도 갖고 있지 않으면서 재미로 입찰에 참여했는데, 사회자가 그렇게 해주지 않았더라면 큰일 날 뻔 했습니다."하며 너스레를 떨던 중국인의 말이 생각난다.

그리고 시안과 시안 친구들의 모습이 그립고, 친구 아들들이 부르는

"삼촌"소리가 생생하게 들리는 듯하다. 해마다 같이 하지는 못하지만, 그 생소하기만 했던 크리스마스이브에 관한 기억을 떠올리며 미소를 짓기도 한다.

독일 사람들이 대림절을 앞두고 4주일 전부터 한 주마다 촛불을 하나씩 켜가며 간절히 축복의 날을 기다리듯이 나도 이제 누군가를 간절히 기다려 보고 싶다. 그리고 따스한 축복을 보내주고 싶다. 홀로 지낸 세월이 너무 길고 외로웠다는 생각도 든다. 그렇지만 아직은 혼자만의 속병으로 덮어둔 채 기분 좋은 비밀로 남겨 놓아야겠지.

동행同行

:::::::: 2009년 겨울이었다. 소설가 G씨와 출판사를 경영하며 시인인 K씨, 이 두 분의 여성과 함께 시안을 방문했을 때의 일이다.

두 분 다 시안은 처음이었다. G씨는 실크로드를 무대로 하는 소설을 구상 중이었으므로 그 시발점이 되어 번성했던 옛 장안성을 보고 싶어 했다. 그리고 K씨는 출판에 관한 일로 여행에 합류하기는 했으나, 이번 여행에 대해 기대하는 것이 별로 없어 보였다.

중국 여행은 북경이나 상해 등을 잠깐 돌아본 정도이고, 유럽이나 미주 쪽에 체류하거나 여행을 한 터라 일반사람들이 중국에 대해 갖고 있는 선입관처럼 음식은 기름투성이며 지저분하고 가짜 일색인 나라쯤으로 생각하는 듯 했다.

이들과 동행하기로 계획한 날부터 다짐을 했다.

'내가 그렇게 찾아다니는 중국이라는 대륙이 얼마나 멋진 곳인가를 보여주마. 그리고 그다지 길지 않은 일정이긴 하지만 이들이 눈을 감고 가슴으로 느끼며, 머리가 아닌 마음으로 보며, 겉을 넘어 속으로 들어갈 수 있도록 해 주어야겠다.'고 말이다.

내가 사랑하는 시안을 알리는데 이 분들은 최적의 사람들이었다. 한 분은 소설 및 미니픽션 작가로 각종 칼럼을 기고하고 있으며, 또 한 분은 시와 출판을 통해 많은 지식인들과 교류하는 있는 터라, 중국에 대한 고정관념을 바꿔줄 수 있는 중요한 사람들이라 여겨졌기 때문이다.

드디어 시안의 관문인 함양공항에 내렸다. 예상했던 대로 시안에 살고 있는 중국 친구와 통역이 우리를 기다리고 있었다. 우리는 곧바로 친구 차에 탔고, 통역과 함께 시안 친구가 트렁크에 짐을 싣는 대로 출발을 하려고 할 때였다. 그런데 자동차 트렁크 문이 열리지 않는 것이다.

양쪽 다 자동차들이 빽빽이 주차되어 있고, 간신히 한 대만 지나다닐 수 있는 차도 한가운데였으므로 뒤에 있는 차들이 피해갈 길이 없었다.

친구도 자기 차가 아니라 빌려온 차라서 어찌 해야 할 바를 모르고 끙끙대고 있는데, 아니나 다를까 뒤에서 자동차들이 줄지어 다가오고 있었다. 동행한 두 분은 뒤에 온 자동차 기사들이 마구 쏟아낼 질책을 예상했는지 좌불안석이었다.

그런데 한국에서는 도저히 생각할 수 없는 이상한 일이 벌어졌다. 자동차를 이리 저리 살펴보고 있는 시안 친구를 본 다른 차 기사들이 차에서 내리더니 한 마디 질책도 하지 않고 함께 어울려 머리를 맞대고 자동차를 고치려 애쓰는 것이었다.

그리고 아무리 애를 써도 자동차가 쉬 고쳐질 것 같지 않아 보였는지 천천히 차에 타더니 후진을 시작했다. 짜증과 질책이 아닌, 천천히 잘 고쳐서 오라는 듯한 격려의 말과 웃음을 남기며 차례대로 돌아가는 것이었다. 시안 친구는 그제야 차를 빌려준 친구에게 전화를 걸어 간신히 트렁크를 열고 짐을 실었다.

어리둥절해진 표정으로 아무 말이 없는 두 분에게 나는 이렇게 말해주고 싶었다.

'보시오. 이것이 대륙에 사는 그들의 관용과 배려라는 것이오, 내가 배우고 싶고 느끼고 싶은 것들이며, 그 속에 같이 어울리고 싶어서 그렇게 이 땅을 자주 밟는 것이라오. 이제 당신들은 시안에서 더 큰 배려와 우정을 느끼게 될 것이오.'

내심 쾌재를 부르며 내가 사랑하는 시안이 그들에게도 아름다운 추억으로 기억되기를 바라는 마음으로 함양공항에서 시안 시내로 들어가며 차창 밖으로 지나가는 정겨운 풍경들을 바라보며 연신 히죽거렸다.

"이 땅은 1미터를 파면 당나라가 나오고, 2미터를 파면 명나라가 나오고, 3미터를 파면 진나라가 나오고, 4미터를 파면 수나라가 나오고, 5미터를 파면 석유가 나온답니다. 하하!"

여행을 마치고 귀국하자마자 G선생은 신문과 잡지에 글을 기고했다. 그 글을 읽으며, 시안과 시안 사람들에 대한 감동이 비단 나 혼자만의 것이 아님을 확인할 수 있었다.

발 마사지

::::::: 중국의 어느 도시를 가더라도 발 마사지를 하는 곳이 있다. 그 기술 또한 누구나 인정할 정도로 정평이 나 있다. 현지에서 마사지를 해 본 사람들 중에서 불만스러워 하는 사람들이 있다. 여행사의 안내로 단체 마사지를 했을 경우, 이윤을 생각해야 하는 여행사 측의 입장 때문에 제대로 된 서비스를 받기 힘든 탓이다. 일반적으로 단체 관광객 위주로 운영하는 업소는 시설이나 기술면에서 많이 뒤떨어지는 편이다.

단체 여행 중에 발 마사지의 참 맛을 느껴 보고 싶으면 두, 세 명 정도 호텔을 살짝 빠져나와 관광객들보다 내국인을 주 고객으로 운영하는 시설이 크고 화려한 마사지 업소를 찾아가 개별적으로 마사지를 받아 보아야 한다.

내가 중국을 자주 가는 이유 중에는 발 마사지를 하는 것도 포함되어 있다. 머무는 기간 동안 거의 하루도 빠지지 않고 마사지를 받는다. 남 보다 훨씬 더 혹사시키는 발바닥이니 잠시나마 이 정도 호사는 누리게 해주어야 더 열심히 땅을 딛고 달릴 수 있으리라.

여러 도시에서 마사지를 받아 보았지만, 역시 시안에서 받는 것이 가장 편안하고 시원하다. 이 또한 역사, 문화, 관광, 교육 도시다운 세련된 품위와 마사지사들의 친절함과 성실함에서 비롯되는 것이다.

광저우, 상하이, 칭다오 같은 해양도시보다는 내륙지방의 사람들이 훨씬 더 순수하고 진솔한 것 같아서 업무적인 출장이 아닐 경우에는 주로 내륙지방으로 여행코스를 잡는다.

발 마사지를 만끽하는 나 나름대로의 작전이 있다. 관광객들보다는 주로 내국인을 상대로 하는 시설 좋은 업소를 선택한다. 가격은 대략 1시간에 60위엔, 1시간 반은 80위엔 정도인데, 나는 후자를 택한다.

그리고 한 도시에서 며칠 머물 경우, 단골집을 만들고 마사지사 번호를 기억하여 매번 같은 사람을 택해 전화로 문의해 출근 여부를 확인한다. 단골 마사지사에게 팁이라도 한번쯤 주고 나면 열과 성을 다한다. 서로 알아듣지 못하는 말을 하지만, 필담이라도 나누면서 정이 오가면 중국 발마사지의 진수를 맛볼 수 있다.

어쨌거나 시안의 발 마사지는, 혹사를 시키고 있는 내 발에 대한 의무이며 자그마한 예의이기도 하다. 함양공항에 내리면서 맨 먼저 떠오르는 생각은, 아직도 그 집이 영업을 하고 있겠지? 68번 마사지 아가씨가 그대로 근무하고 있을까? 하는 궁금증이다. 그리고 그런 생각을 하는 동안 내 발바닥은 더 후끈거리는 것 같다.

황토고원

✻

    :::::: 시안에서 황하강 폭포를 찾아 가는 길은 황토고원을 가로질러 가야 한다. 이 먼 거리를 마다않고 이른 새벽부터 운전대를 잡고 있는 시안 친구 안영찬이 그저 고맙고 든든하기만 하다.

    끝없이 펼쳐진 크고 작은 논배미들 사이를 가로질러 가도 가도 끝이 없는 황토고원을 달리다 보면 광활한 중국 대륙을 눈으로 실감할 수 있다.

    구부러진 길들을 따라 이리저리 돌고 돌아 한참을 가다보면 펑퍼짐한 공간이 있는 정상에 오르게 된다. 엄청난 규모의 사과밭이 여기 저기 눈에 띄는데, 척박한 황토 고랭지에서 수확한 사과는 당도가 높고 부드러워서 이곳을 지날 때면 언제나 사과를 사고 싶은 마음이 들곤 한다. 그리고 마침 그곳에 사과 노점상들이 옹기종기 모여 있는 모습이 멀리서도 눈에 띈다.

    그런데 사과 노점상들의 평범한 모습이 특이해 보이는 까닭은, 사과를 팔겠다는 사람들이 오히려 사과를 살 수 없도록 난리법석이기 때문이다. 자동차가 도착하자마자 길가에 앉아 있던 수십 명의 장사꾼들이 한꺼번에 몰려든다. 그리고 사과 광주리를 들이밀며 자기 것을 사달라고 하니, 정신이 쏙 빠져버려 그 자리를 모면하고 싶은 마음밖에 다른 생각이 나지 않는 거다. 농사만 지으며 순박하게 살아가는 농부들이긴 하지만 어쩌면 이렇게 무식하게 장사를 한단 말인가.

그리고 유일하게 촬영할 수 있는 공간인 제법 큰 논배미는 말 그대로 똥밭이라 발을 한 발자국도 들여놓을 수가 없다. 광활하게 펼쳐진 계단 논을 촬영하겠다는 일념으로 발을 요리조리 피하며 간신히 접근해보려고 했지만, 결국 밟아버리고 말았다.

길가에 앉아 신발바닥을 꼬챙이로 파내고 눈雪으로 닦아내면서, 동승했던 사람들에게 중국은 더러운 나라가 아니라고 자랑했던 것이 민망스러워 고개를 들 수 없었다. 맛있는 사과도 사지 못하고, 절경도 촬영하지 못한 채 급히 그곳을 빠져 나올 수밖에 없었다. 그래도 그들이 밉게 보이지 않는 까닭은, 나라는 사람은 이 크나큰 대륙에 있는 모든 것을 운명적으로 사랑할 수밖에 없기 때문인 걸까. 아니면, 아름다운 시안 친구들과의 우정으로 그들과 함께하는 모든 것이 아름답게 보이는 탓인 걸까.

차창너머로 멀어져가는 그들이 보인다. 배고픔을 참고 추위에 떨며 한 광주리도 팔지 못하고 무거운 발길로 돌아갈 걸 생각하니 마음이 무겁다. 추위와 바람을 견디기 위해 털모자를 쓰고 누더기 담요를 뒤집어쓰고 있는 그들이 내 형님 같고 누나 같다.

다음에 올 때는 이들이 사과를 많이 팔아 얼굴에 환한 웃음을 지을 수 있도록 꼭 알려줄 생각이다. 먼저 관광객들이 머물면서 정경을 촬영할

수 있도록 논배미 한쪽에 구덩이를 파고 간이 화장실을 만들어라. 귀찮
으면 구태여 가리지 않아도 좋으니, 구덩이만 파놓고 그곳이 다 차면 흙
으로 덮어버리고 옆에 다시 만들면 된다.

그리고 한꺼번에 달려들면 아무도 팔 수 없으니 길을 따라 한 줄로 앉
아 관광객이 자유롭게 고를 수 있도록 움직이지 마라. 앉는 위치가 불공
평하다고 생각되면 매일 매일 차례대로 자리를 옮기면 된다.

이처럼 척박한 땅에서 억척스레 살아가야 하는 것이 그들의 운명이라
면 고기를 잡아주는 것보다 고기 잡는 방법을 가르쳐 주는 것이 훨씬 좋
을 것이다.

만만디

✻

:::::::: 유럽이나 일본 쪽 여행을 선호하는 사람들이 중국여행을 즐기는 내게 왜 더럽고 구질구질한 중국으로 여행을 자주 가느냐고 묻는 경우가 있다.

유럽이나 일본에 제법 오래 머물며 구석구석 돌아본 적도 있긴 하다. 그러나 사람 사는 곳이면 어느 곳이나 더럽고 구질구질한 구석이 있게 마련이다. 단지 어디서, 무엇을, 어떻게 보았느냐의 차이가 아닐까.

중국인의 더러움에 대한 우스갯소리를 들은 적이 있다. 한국인, 중국인, 일본인을 같이 돼지우리에 넣고 기다렸더니 하루가 지난 뒤 냄새와 더러움을 참지 못한 일본인이 맨 먼저 뛰쳐나왔고, 이틀 뒤쯤 한국 사람이 나왔으나 일주일이 되어도 중국 사람은 나오지 않더라는 것이다. 그리고 열흘 만에 나온 것은 사람이 아니라 돼지들이었는데 나오면서 한 말이 '더러워서 같이 못 있겠네.'였다고 한다.

그러나 이 이야기는 중국을 몰라도 한참 모르는 이야기다. 중국 사람이 돼지우리에서 나오지 않은 까닭은 더러워서가 아니라 인내할 줄 알기 때문이다. 황하의 누런 물결과 대륙의 거센 바람 속에서 참고 견디지 않으면 살아날 수 없음을 알았고, 춘추전국시대와 국공 사상전쟁과 문화대혁명을 거치며 그들이 몸에 익힌 것은 한없이 기다릴 줄 아는 지혜이다. 깊은 샘은 물이 마르지 않으며 뿌리 깊은 나무는 태풍에도 넘어지지 않는다는 진리를 깨우친 것이다.

지금 저들이 세계 최고의 국가로 치닫고 있는 거대한 용트림의 원동력은 주인인 돼지마저도 질겁하게 만드는 '만만디', 한없는 인내이다. 십삼억이나 되는 사람들을 모두 먹여 살리기 위해 참고 있는 것이며 그들은 그것이 최선의 방법임을 잘 알고 있는 것이다.

사람과 만날 때도 너무 깔끔하고 완벽한 사람을 만나게 되면 쉽게 정이 가지 않아 좀처럼 속마음을 내놓기 힘들다. 그 대신 조금 어수룩하고 모자란 듯한 사람을 만나게 되면 금세 정이 들고 친해진다. 그것은 나 자신이 모자라고 허점투성이라 느끼는 동질감 같은 것일지도 모른다.

내가 중국을 자주 들락거리는 이유는, 먹이고 먹고 살기 위한 사업적 목적과 '만만디'의 여유 속에 묻혀 있는 시간이 좋아서이다.

이른 아침부터 손님들로 꽉 찬 식당에 가보면 단지 배를 채우기 위해서가 아니라, 다들 식사를 즐기고 있다는 것을 느낄 수 있다. 신문을 보는 사람, 동료들이나 가족들과 한가하게 담소하며 족히 한두 시간을 여유 있게 보낸다. 빵과 우유를 허겁지겁 먹고, 식사 시간까지 줄여가며 생존경쟁의 전쟁터로 달려가야 하는 우리 현실과는 너무나 거리가 먼 이야기이다.

밤낮으로 일해 악착같이 돈을 벌어 자기는 써보지도 못하고 자식들만 좋아지는 우리네와는 달리 그들은 자기가 가진 돈만큼 적당히 쓰고 놀며 먹는 것을 즐긴다.

토건업을 하고 있는 친구는 내가 머무르는 동안 같은 호텔에 투숙까지 하면서 내내 함께 다닌다. 사성급 호텔의 시설 관리를 책임지고 있는 부인에게도 미안하고 친구의 사업에도 차질이 있을까 염려되어 극구 사양해 보지만 막무가내로 돌아갈 때까지 떨어지지 않는다.

"사업이야 오늘 못하면 내일 해도 되지만 친구하고 즐기며 노는 것은 오늘이 지나면 못하지 않느냐."

'사람'을 중요시하는 그들의 삶을 잘 보여주는 사례인데, 우리 의식구조로는 상상조차 할 수 없는 얘기이다.

중국에서 이름난 산에 올라가 본 사람이라면 누구나 한번쯤은 필히 만나는 사람들이 있을 것이다. 산 정상에 있는 공사장까지 철근 한 가닥을 메거나 건축자재와 생필품을 가득 넣은 바구니를 기다란 대 막대기 끝에 달아 어깨에 메고 하루 종일 산을 오르내리는 사람들 말이다. 몇 미터나 되는 철근 한 개를 메고 산 정상까지 오르는 고된 일이지만 노임은 대략 100위엔 정도 밖에 되지 않는다.

그러나 그들의 모습에서 삶에 지치거나 힘들어 하는 표정을 볼 수 없으며 그 일이라도 하게 된 것을 감사히 여기며 즐겁게 일하는 것이라 느껴진다. 오늘 일하고 번 돈으로 내일 먹을 음식과 휴식을 생각하고 있는 것은 아닐까. 잠깐 휴식하고 있는 그에게 다가가 담배 한 개비를 권했다. 옆에 앉아 있으니, 알아들을 수 없는 중국말로 자기들끼리 즐겁게 얘기를 나눈다. 이럴 때, 이런 곳에서 같이 뿜어내는 담배연기 는 이심전심의 연결고리가 되어준다.

유인 우주선을 우주에 보내는 나라가 헬리콥터가 없어 지게를 지게 하겠는가. 현대 장비로 한 달이면 끝마칠 수 있는 공사를 빠르게 하는 기술을 몰라 몇 년씩 하고 있는 것일까. 서두를 필요가 없으니 서두르지 않는 것일 뿐이다. 아니, 천천히 하는 것이 이득이라는 것을 알고 있기 때문이다.

한꺼번에 많은 것을 실어 나르지 않고, 꼭 필요한 것만 하나씩 메고 나르니 남는 자재로 산을 오염시킬 염려도 없고 긴 공사기간동안 사람들이 할 일을 만드니 실업자 줄여서 좋다. 어쩌면 금년에는 딱 여기까지, 내년에는 딱 저기까지 보여줘 관광객을 감질나게 만드는 건 중국 특유의 관광 마케팅인지도 모르겠다.

진시황 무덤으로 발굴되어 수백만 명의 관광객을 끌어들이는 현재의 병마용보다 더 크고 웅장한 무덤이 땅 속에 있다는 것을 잘 알면서도 현재의 병마용 관광에 싫증을 느낄 때를 기다리며 다음 세대에게 맡겨두는 여유로움은 참으로 놀랍다.

헐떡거리며 달려온 반만 년, 이제 우리도 후손을 위해 조금은 남겨두고 '만만디', 좀 천천히 가면 좋겠다. 개발이라는 명목으로 이 비좁은 한반도를 송두리째 파내고 있는 사람들에게 고하고 싶다. 후손들이 할 수 있게 제발 좀 남겨두시오!

2부

세 마리 토끼

두 시간 정도는

:::::::: 진주에서 앞뒷집에 살며 서예도 같이 배우고, 수시로 산행을 통해 남다른 우정을 나누며 친형제처럼 지냈던 정일석 선생님의 부탁으로, 진주 대아고등학교 선생님들을 모시고 중국 여행안내를 한 적이 있다.

이런 경우 흔쾌히 나서는 까닭은, 한국 사람들이 대부분 갖고 있는 중국에 대한 선입견을 고쳐주고 싶어서이기도 하지만, 같은 곳이라 하더라도 갈 때마다 느끼게 되는 감정이 달라 전혀 지루하지 않기 때문이다.

그런데 중국 여행안내를 하러 나서기 전에 반드시 다짐을 받는 것이 있다. "나하고 같이 가면, 중국을 단체 여행할 때보다 경비가 훨씬 많이 들 겁니다. 단체여행에서 만끽할 수 없는 특이한 것들을 보고 경험하려면 경비에 인색해서는 안됩니다."

그래서 언제나 충분히 여비를 마련해 출발한다. 비싼 항공료를 지불하고 천금 같은 시간을 내어 떠나는 것인데, 보고 싶고 하고 싶은 것은 다 해야 하지 않겠는가. 꼭 필요하지 않은 곳에는 한 푼도 쓰지 않고 아끼지만, 여행비가 부족해 현지에서 좋은 기회를 놓친다면 오지 않는 것만도 못하기 때문이다.

그리고 인맥을 총동원해서 여행사를 거치지 않고 독단적으로 코스를 정하고 호텔과 식당을 예약 하는 등 여행에 관한 모든 것을 직접 계획하고 실행하며 즐겁고 뜻있는 여행이 되도록 최선을 다해 노력한다. 특히 음식에 세심한 배려를 기울여 여행하는 지역마다 특색 있는 요리 전문집을 선정하여 여행사에서 계약하는 천편일률적인 식사와는 다르게 중국 요리의 진수를 맛보게 하려고 애쓴다.

그 여행에서도 마찬가지였다. 버스를 전세 내어 즐겁게 관광을 마치고 드디어 공항으로 가야 할 때였다. 허허벌판에서 버스가 고장이 난 것이다. 그 때만 해도 공항도 작고, 한국으로 가는 항공편이 많지 않아 오늘 비행기를 놓치면 모든 스케줄이 엉망이 될 판이었다.

우리는 큰일이 났는데 운전기사는 별 일이 아니라는 듯 천연스럽게 공항에 전화를 걸었다. 통역을 통해 전해들은 얘기로는 두 시간 정도는 기다려주겠지만, 더 시간이 필요하면 더 높은 분에게 이야기를 해야 한단다. 무슨 이런 일이 있는가. 우리에게는 잘된 일이지만 공항에서 대기하고 있는 승객들을 어떻게 납득시킬 수 있다는 건지 도무지 이해가 되지 않았다.

이륙 예정 시간은 이미 두 시간 정도 지연된 상태였고, 부랴부랴 버스를 고쳐 공항으로 달렸다. 그리고 다들 땀을 뻘뻘 흘리며 탑승구를 향해 뛰어갔는데, 기다리고 있던 승객들은 아무 일도 없다는 듯이 유쾌하게 웃으며 우리를 반겼다.

승객과 공항 직원 사이에 응당 있어야 할 삿대질과 고함소리 대신, 이제라도 출발하니 다행이라는 듯한 그들의 표정을 보며, 그제야 마음이 놓였다. 미안한 마음에 고개를 숙이고 있던 일행은 안도의 한숨과 함께 그분들에게 진심에서 우러나온 감사의 인사를 드렸다.

그런데 중국에서는 이러한 일이 비일비재하다. 그들은 비행기가 연착된다는 안내방송이 나오면 이미 그럴 줄 알고 있었다는 듯이 동료끼리 마작을 시작하거나, 담요를 뒤집어쓰고 잠을 청하거나, 가방에서 책을 꺼내어 읽거나 하며 제각각의 방법으로 기다릴 준비를 한다. 누구 하나 직원과 실랑이를 벌이며 불평을 하지 않는다. 연착 이유와 예상 시간을 묻는 사람이 없는 것은 돌아올 대답을 이미 알고 있기 때문이리라.

"나도 모르오."

거센 역사의 소용돌이 속에서 민초들이 살아남기 위한 최선의 방법은 소용돌이가 멈출 때까지 숨죽이고 기다려야 한다는 것을 익히 알고 있기 때문일까.

몇 시간이 지난 후 다시 안내방송이 나온다.

"오늘 비행기가 오지 않으니 항공사 측에서 지급하는 도시락을 드시고 안내 직원을 따라 호텔로 가십시오."

항공사 측에서 지급하는 도시락을 받아 들고 앉아 편안한 자세로 먹고 있는 모습은 마치 소풍 나온 사람들처럼 즐겁다.

직원이 인솔해 호텔로 가면서도 핸드폰을 들고 난리법석을 떠는 사람은 단 한 사람도 없다. 기다려야 할 사람은 좀 늦는다 하더라도 기다릴 것이니 아무 일도 아니라는 듯이 자연스럽게 따라 나선다.

호텔에 도착해서도 천하태평이다. 내일 가든 모레 가든 뭐가 그리 문제될 것이 있느냐는 식이다. 어차피 늦어진 건데 이런 기회가 아니면 언제 이런 시설 좋은 호텔에서 공짜로 잘 수 있겠는가 하며 스스로 마음을 편히 갖는다.

훗날, 그 여행에 동행했던 선생님들이 참 좋은 여행이었으며 새롭게 중국을 볼 수 있었던 기회가 되었다며 고맙다는 인사를 했다. 이 인사야말로 어설픈 가이드가 받은 천금 같은 팁이라는 생각이 들었다.

비록 많지 않은 인원이지만 교사들이 중국을 바로 보고 그 본 것을 진솔하게 학생들에게 전달한다는 것은 참으로 소중한 일이다. 영원한 이웃인 한국과 중국의 젊은이들이 머리를 맞대고 공존 번영하는 시대를 만들어 가는데 우리가 작은 밀알이 된다면 얼마나 기쁜 일인가.

어쨌든 누구를 기다린다는 것은 참 아름다운 일이라는 생각이 문득 들었다.

광저우 박람회

:::::::: 중국진출구상품교역회中國進出口商品交易會, 공식명칭은 99회까지 중국출구상품교역회中國出口商品交易會였으나 100회부터 진進를 넣어 외국 수입품도 전시 판매할 수 있도록 한 것이다. 아흔아홉 번 팔기만 했었는데, 이제 어느 정도 살 만하니 당신들 상품도 가져오면 좀 사주겠다는 뜻이리라.

그동안 물건을 사오기만 했던 13억의 거대한 시장에 나도 뛰어들어 한판 붙어 보자는 생각이 문득 들었다. 중국에서 남들보다 조금 더 호사스럽게 차茶를 마시는 사람들을 겨냥해 전통 차도구와 야생차 등, 한국의 차 문화를 같이 수출해보면 어떨까. 발효차가 주류인 중국차에 맞서서 세련된 우리 디자인으로 만든 차 도구와 담백하고 맛좋은 한국의 덖음 차로 승부하면 결코 승산이 없는 것도 아니리라.

차근차근 계획을 세우고 일을 추진하는데 천둥 벼락 치는 소리가 두 번 들렸다. 첫 번째 천둥소리는, '감히 어디 와서 차를 논하며 대륙의 자존심을 건드리려고 하는가.'였다.

'세계 차 시장 주도권을 꽉 잡고 있으며 차에 종사하는 엄청난 인구의 생존권이 걸린 문제가 될 수도 있는데, 네까짓 놈이 우리 땅에 와서 차를 운운 하다니……!'라는 생각에서 그런 것 같았다.

미국이 중국에 커피를 팔기 위해 천문학적인 숫자의 자본과 시간을 쏟아 부었지만, 아직도 걸음마 수준이 아닌가. 그러니 '질 좋은 자기 나라 녹차는 뒷전에 버려두고, 가는 곳마다 커피 일색인 자네 나라와 우리나라를 비교하지 말게나!'라고 얘기할 만하다.

두 번째 천둥소리는, '한국 측이 오랜 시간동안 개발비를 들여 세련된 디자인으로 중국인들의 취향에 맞게 잘 만들어 가져온다 하더라도, 24시간이면 똑같은 제품을 엄청나게 쏟아낼 수 있는 능력을 중국이 갖고 있다는 것을 잊고 있는 게 아닌가.' 하는 것이었다.

그러나 '잡스러운 생각 다 버리고 비싼 비행기 표 사서 왔으니, 세계적인 광동 요리나 실컷 먹고 대륙의 거센 바람소리 들으며 한 수 배우고 가자.'는 생각으로 십 수 년 동안 매년 4월25일이면 이 도시에 와서 4박5일 동안 박람회에 참가 했다.

그 까닭은, 광저우에는 교역회의 참관 말고도 매력적인 야시장 거리와 숙소인 여가如家호텔, 그리고 광주시 전체가 뿜어내는 광동 요리의 구수한 냄새와 세계 최대의 옥玉시장을 돌아볼 수 있는 보너스가 있었기 때문이었다.

해마다 눈부시게 발전하는 중국 공산품의 재질과 디자인, 전시 내용 등을 돌아보고 있노라면 경이로움을 넘어 두려움까지 느낄 정도로 중국은 빠르게 변화하고 있었다. 그리고 박람회 기간 중에 엄청나게 몰려드는 외국 수입상들을 위해 내국인은 출입을 제한시키고, 교통난을 해소하기 위해 대중교통은 해마다 더 빠르고 편리하게 운용되고 있었다.

그러나 그 많은 외국인들 중에서 한국 사람을 만날 기회는 별로 없었다. 어쩌다 일본인과 한두 번 마주칠 정도로 유럽이나 중동 쪽 수입상들이 주류를 이루고 있었다. 한국인들의 참관이 저조한 것은 과다한 여행 경비와 교역회의 기간 동안 곱절 이상으로 부담해야 하는 숙식비가 한 몫을 했으리라.

지방정부는 교역회의 기간 동안 찾아오는 외국인들로부터 돈을 많이 받아 인민들이 빨리 부자가 되면 좋겠다 싶었는지, 그 기간 동안의 요금 인상을 눈감아주고 있었기 때문이다. 우리나라가 피서기에 해수욕장에서의 바가지요금을 근절하기 위해 주야로 공무원들이 감시하는 것과 비교해 보면, 대륙의 배짱을 다시 한 번 실감하게 하는 부분이기도 하다. 중국은 옛날부터 같은 기차, 같은 비행기를 타도 외국인은 더 비싸게 받던 나라가 아닌가.

'더럽고 아니꼬우면 오지 마라. 당신들이 보지 않고는 못 배길 관광자원과 우리만이 만들 수 있는 저렴한 상품들이 여기 다 있지 않은가. 그러니 당신이 설령 오지 않는다고 해도 우리는 답답할 게 없다.'

언제부터인지 중국은 당당하게 상담을 주도하는 상술로 어서 오라고 손짓을 하지 않아도 꼭 가봐야 하는 나라가 되어버렸다. 옛날 중국 상商나라 출신 사람들이 장사를 하도 잘해서 상인商人이라는 말이 유래되었다고 하더니, '그래 많이 챙겨 받아라. 비용이 많이 든 만큼 나도 많은 것을 배우고 가마.' 하며 나도 다짐을 하지 않을 수 없었다.

중국은 한국과 가까워서 여행 경비도 적게 들고, 상품 가격도 한국보다 월등히 싸다. 그런데 한국의 장사치들이 그중에서도 더 싼 제품만을 수입해 들여오다 보니 중국 제품은 값싸고, 불량품이 많다고 착각하기 쉽다. 그러나 세계에서 가장 싼 제품도 중국에 있지만 세계에서 제일 비싼 제품도 중국에 있다는 것을 알아야 한다.

상품의 진위를 구별할 줄 아는 눈, 원하는 상품을 꼭 찾아보겠다는 의지, 그리고 열린 마음을 갖고 있다면 언제 어느 곳에 가더라도 내가 원하는 것을 즐기며 구할 수 있을 것이다.

우리가 중국에서 배워야 할 것이 더 많은지, 중국이 우리에게 배워야 할 것이 더 많은지는 잘 모르겠다. 어쨌든 크고, 넓고, 많은 것이 갖고 있는 웅대함은 알고 살아가야 하지 않을까 싶다.

그래서 광저우의 사월은 나에게 또 한 번 열정과 의지를 일깨우는 영원한 스승의 도시가 되어 가고 있다.

황금돼지 해

::::::: 지난 2007년은 600년 만에 한번 돌아온다는 황금 돼지해였다. 그 뉴스를 접하는 순간, 머릿속이 감전된 것처럼 윙윙 거리고 온 몸의 털이 떨리기 시작했다. 대한민국이 들썩거렸다. '복을 받으려면 돼지부터……' 라는 정서를 가지고 사는 한국 사람들에게 평생에 한 번, 이번에 놓치면 600년이 지나서야 만날 수 있는 황금돼지 해. 돼지꿈을 꾸고 부자가 되기 위한 절호의 찬스였다.

운명적으로 딱 적임자가 될 자격을 갖춘 돼지띠인 내가 나서서 부자가 되기를 갈구하는 모든 이에게 부자가 되는 꿈을 가져다주자. 황금돼지를 안고 부자가 될 집으로 들어가는 행복한 꿈을 꾸게 해주자. 꿈이 다 이루어지지 않는다 할지라도 희망을 가지면 꿈도 이루어지지 않겠는가. 내일, 그리고 내년을 기다리며 살다보면 또 다른 행복도 찾아올 것이다.

황금돼지가 오는 새해 첫날까지 남은 시간은 대략 4320시간,

봇짐을 싸서 넓은 땅 중국으로 갔다. 4시간쯤 만에 도착한 곳은 광동요리로 유명한 광동성 광저우. 그곳은 무역과 상업의 중심도시이며 홍

콩과 가까워 외국 바이어들의 잦은 무역 상담으로 우수한 상품을 내놓고 활기차게 움직이는 도시였다. 익히 알고 있는 도시라 내 집같이 쉽게 찾아 짐을 풀었다.

중국말이라고는 니하우_{안녕하세요}와 자이지엔_{안녕히 계십시오} 밖에 모르지만, 중국에 머무는 동안 말을 못해 불편한 점은 별로 없었다. 물건을 사려는 나보다 팔아야 하는 그들이 더 불편할 것이고 그 해결책은 자기들의 몫이 아닌가.

늘 그랬듯이 이번에도 정말 아무런 계획 없이 그저 희망의 부자 돼지를 구하겠다는 일념만으로 그냥 온 것이다. 돌고 돌며 발품을 팔다 보면 무언가 보게 될 것이고, 느끼게 될 것이고 구해질 것이다.

없는 것이 없는 나라, 이 땅에만 오면 나는 모든 일이 잘 풀렸고 즐겁고 재미있다. 눈빛만 보아도 마음을 읽을 수 있는 친구들이 사는 시안까지 수 백 킬로미터 떨어져 있긴 하지만, 광저우 역시 그들의 나라 아닌가.

시장 문도 열기 전에 등산화 끈을 조여매고 결전에 나섰다. 오늘부터 3개월 동안 희망의 황금돼지를 꼭 찾으리라. 향을 파는 할머니는 더덕더덕 기운 옷을 입고 다니는 내 모습이 불쌍해보였는지 유독 나에게만 1위안에 향을 2묶음이나 주셨다.

시장거리 복판에 있는 천년고찰 화림사에 찾아가 오백나한이 굽어보고 있는 곳에 향을 피워 올리며 경건하게 기도를 드렸다. 육 백 년 만에 오는 황금돼지해에 대한민국 국민 모두가 부자 되는 황금 돼지꿈을 꾸게 해달라고 간절히 빌었다.

그리고 아무리 돌아다녀도 끝이 보이지 않는 중국 최대의 옥玉 도매시장, 차茶 도매시장, 골동품 시장을 돌고, 또 돌았다. 광저우 전체가 시장이요, 상품 진열장인 셈이었다.

며칠간의 철저한 현지답사 후 드디어 세운 계획은, '2007년 돼지해에 2007가지 돼지를 구해보자.'는 것이었다. 유리, 가죽, 돌, 옥, 봉재, 나무, 철, 순금, 칠보, 플라스틱, 풍선, 도자기 돼지들. 서 있는, 앉은, 누운, 매달린, 불 켜는 갖가지 돼지들. 멕시코, 인도, 네팔, 일본, 필리핀, 대만, 이탈리아 돼지들. 까만 돼지, 흰 돼지, 노란 돼지, 빨간 돼지, 파란 돼지들. 가격도 천차만별이었다. 컨테이너 2개를 가득 채웠으니 그 종류가 얼마나 많을지 짐작할 수 있을 것이다.

창원 롯데백화점 지하매장에 짐을 풀었다. 대박이었다. 물건은 매진되고 판매대는 비워지고 있는데 부산 부두에 컨테이너가 도착하지 않는거다. 세상에 급할 게 없는 중국의 만만디 정신이 또 사고를 친 것이다.

하긴 이때까지 내가 한 일 중에서 큰돈이 되는 것은 별로 없었다. 이번에도 마찬가지였다. 그러나 돼지로 인해 인연을 맺게 된 중국 시장상인들과 광저우에 들르면 언제나 공짜 밥을 얻어먹을 수 있게 된, 작은 옥돌 가공공장과 점포를 운영하며 정직하게 살고 있는 젊은 꽹이 가족과의 추억이, 황금돼지해에 내가 받은 황금 선물 아니겠는가. 돈은 벌지 못했지만, 신나게 뛰어다니며 열정을 쏟아 부었던 6개월이 내 인생에서 또하나의 멋진 추억이 되었다.

아직도 해오름예술촌 아트 샵에는 그때 구해온 엄청난 돼지들이 희망의 꿈을 꾸고 싶어 하는 주인들을 기다리고 있다. 너무 싼 가격 때문에 종종 가짜라는 누명을 쓰고 있긴 하지만…….

그리고 만 불을 넘게 주고 제작한 청옥으로 만든 두 마리 돼지가 항상 내 옆에서 마음 부자가 되도록 꿈과 희망을 만들어주고 있다. 지금도 해오름예술촌 입구에서 제일 먼저 반갑게 맞이하는 것은 복 돼지들이다. 예술촌을 출입하는 모든 분들이 부자 되기를 바라면……

알 수 없는 나라

:::::::: 우리나라보다 훨씬 크고, 넓고, 많은 나라 중화인민공화국. 비록 지금은 역사의 뒤안길로 사라져 가고 있지만 영토 확장을 위한 치열한 각축전 속에서 우월을 다투었던 고구려와 발해의 혼이 서려 있는 곳이며 조선 독립투사들과 고락을 함께 했던 우방국. 그리고 한국동란으로 분단이 되어 조국이 두 동강이 난 채 대륙의 끝자락에 붙어 숙명적으로 그들과 이웃해야 하는 대한민국.

공룡처럼 거대한 중국 앞에서 앞날이 어떠할지 가늠할 수 없는 현실이지만 우리는 그들을 알아야하고, 같이 해야 하는 필연적인 운명인 것이다.

중국이 한참 뒤쳐져있던 1980년대, 가르치는 제자들에게 나는 입버릇처럼 외치고 다녔다.

"지금 잠들어 있는 공룡은 머지않아 깨어날 것이다. 중국어를 배워라. 떨어질 수 없다면 가까이 가야한다. 멀리 있는 친척보다 가까이 있는 이웃이 낫다고 하지 않았느냐. 어쩌면 너희들이 꿈을 키우고 활동할 무대는 이 비좁은 한반도가 아니라 광활한 중국 대륙이 될지도 모른다. 먼 옛날 우리 선조들이 이 땅에 뿌리를 내리려고 얼마나 애를 썼는가. 역사는 반복되는 것이다."

교단에 서 있던 이십여 년의 세월동안, 시간이 있을 때마다 중국 역사를 읽었고, 마음껏 중국여행을 해보겠다는 것이 중도에서 교직을 그만둔 이유 중의 하나였다.

그러나 조물주께서 모든 것을 다 주시지는 않았다. 중국어를 배우려고 노력도 해보았으나 나는 선천적으로 어학과 음악에 소질이 없는 것 같았다. 시험성적도 항상 수학은 구십 점을 넘었으나 외국어는 항상 이십 점 이하의 점수밖에 되지 않았다.

그러나 지금은 오히려 다행으로 생각하고 있다. 만약 내가 유창하게 중국어를 잘 하였더라면, 지금처럼 언제나 정겹게 느껴지는 중국을 만나지 못했으리라는 생각이 든다. 어쭙잖은 지식으로 중국에 도전하고, 가슴이 아닌 머리로 그들을 평가하려는 우를 범하고 있을지도 모른다. 그들의 말을 몰랐기에 말하는 입 대신 따뜻한 마음을 먼저 볼 수 있었던 것이 아닐까. 그래서 물이 맑아야 고기를 볼 수 있듯이 텅 비어 있는 머릿속에 그들의 진실을 담을 수 있었던 거다.

이제 중국은 '검은 고양이든 흰 고양이든 쥐를 잘 잡는 놈이 우선이다'라고 외치는 등샤우펑이라는 위대한 정치가를 만나 과감한 실용주의 노선과 시장경제 도입으로 일등국가로 변신하고 있다. 거대한 공룡이 기지개를 멈추고 세계 최고를 위해 도약하고 있는 것이다.

다 보여주는 것 같아도, 기실은 아무것도 보여 주지 않는 나라, 안 되는 것도 없지만 되는 것도 없는 나라, 모두를 다 받아들이는 것 같지만 기실은 아무 것도 받아주지 않는 나라. 중국은 나에게 그렇게 각인되며 내 삶 속에서 깊이 스며들고 있다. 내가 원하든, 원치 않던 나의 의지와는 관계없이 그 속에 있어야만 하는 것이 숙명이 되어버렸다.

언젠가 남해신문사 ㅎ사장, 남해군 문화관광과 ㅇ과장과 동행해 오박 육 일 동안 시안을 여행했을 때의 일이다. 시안에 사는 한족 친구 안영찬이 운전하는 승용차를 타고 황허강 상류를 관광하고 오다가 길을 잃어버려 산 속에서 꼬박 이십 사 시간을 보낸 적이 있다.

중국에서 태어나고 자란 중국 사람이 중국에서 길을 잃고도 천하태평인 것을 보고 참 어이가 없었다. 허지만 그런 것이 중국이고, 중국 사람인데 어쩌겠는가.

무사히 한양 공항에 도착하여 신문사 사장에게 물었다.

"그렇게 취재를 열심히 했는데 기사거리 많이 만들었습니까?"

"짧은 기간에 중국을 취재해 연재기사를 쓰려고 했던 것은 너무나 황당한 생각이었습니다. 본 것도 들은 것도 없이 그냥 머리만 아플 뿐입니다."

그의 말대로 한국에 돌아와 그는 중국 이야기를 단 한 줄도 쓰지 못했다.

모름지기 말하노니 중국을 평가하려고 하지마라. 중국은 평가가 아니라, 느낌의 대상으로 가까이 할 때 비로소 문을 열어줄 것이며 빙산의 일각이라도 보여주는 선심을 쓸 것이다.

억대가 넘는 돈을 지불하며 일백 이십 여섯 번을 왕래해 보았지만, 내가 중국에 대해 아는 것이 단 하나도 없다.

백번을 갔어도 아무 것도 알 수 없는 나라, 아는 척 하면 할수록 정작 아는 것이 아무 것도 없다고 느껴지는 나라. 그래도 나에게는 자꾸만 가고 싶은 마음의 고향 같은 곳이 중국이다. 그래서 배낭만 메면 언제든지 떠날 수 있도록 중국 상용비자와 여행경비 위엔 화가 내 책상 서랍 안에서 항상 준비되어 있다.

말은 몰라도

   '니 하우마', '쎄쎄' 두 마디로 하얀 수염을 휘날리며 종횡무진 대륙을 휘젓고 다니지만 무역을 해야 할 전문적인 사업일 경우에는 부득이 통역을 부를 수밖에 없다. 대개 한성숙 씨에게 도움을 요청하지만, 여의치 않을 때는 현지에서 급히 조달할 경우도 있었다. 그렇게 만난 가이드는 처음 만나는 나를 잘 모르므로 이때까지 해왔던 방식대로 기계적인 통역만 하려고 한다.

 닝보의 상산 엔틱 목가구 공장에서 가구 수입 계약을 할 때의 일이다. 통역이 가구공장 사장에게 자료, 제작, 디자인, 납품, 계약 방법 등 무역 전반에 관해 열심히 설명을 했다. 그러나 정작 본인인 나는 중국말을 전혀 모르니 옆에 앉아서 그들의 얼굴만 바라보고 있을 뿐이다.

 상담을 다 끝내고 회사를 나오며 통역에게 한 마디 던졌다.

 "소개비를 몇 프로 받기로 했냐?"

 "중국말을 모르는 선생님이 그런 내용이 있었는지 어떻게 아십니까?"

 "그래서 사람들이 나보고 '도사'라고 하지 않나?"

우리 속담에 서당 개 삼 년이면 풍월을 읊는다는 말이 있다. 십여 년 이상을 내 집같이 드나들며 중국말 속에서 부대낀 경험으로 소리의 리듬과 강약, 얼굴 표정, 손과 몸의 움직임을 보면 대강 대화의 내용을 읽을 수 있게 된 것이다.

특히 양심을 속이고 거짓말을 하게 되는 경우에는 목소리가 낮고 느려지며, 눈동자가 흔들리고, 얼굴이 상기되면서 손동작이 아주 불편해진다. 이외에도 많은 변화를 읽을 수 있으나, 가장 중요한 것은 분위기와 느낌이 확연히 달라진다는 점이다. 인간은 태어날 때부터 본시 그 근본이 착하기 때문에 남을 속이거나 나쁜 짓을 할 때는 본래의 모습이 변할 수밖에 없다.

교사시절 시험 감독을 하며 책을 보거나 눈을 감고 있어도 학생들이 커닝을 못한 이유는 그들이 순수하기 때문에 양심에 가책을 느끼는 행동을 하려 하면 숨결이 가빠오고 머리털이 흔들리는 소리를 느낌으로 들을 수 있었기 때문이었다.

나는 중국말을 몇 마디밖에 할 줄 모른다.

만났을 때 : 니하오

떠날 때 : 자이지엔

한 번에 잔을 비우지 말고 조금씩 마시자 : 쓰이에

얼마냐 : 돌체 (그리고 계산기를 들이댄다.)

안 사겠다. 필요 없다 : 부용

마지막으로,

당신 말을 모른다 : 티무동

이것이 내가 아는 중국말의 전부라고 해도 과언이 아니다. 이것만 알고 천지를 돌아다녔지만 불편한 것이 없었으며 속아보지도 않았고 하고 싶은 일을 못한 적도 없었다. 어중간하게 배워 오해를 하는 것보다 차라리 아무것도 모른 채 '티무동' '티무동' 하고 다니면 모든 것을 상대편이 알아서 처리해주었다.

손가락만 가리키면 먹고 싶은 음식을 정확히 가져다주었고, 발마사지를 좀 더 시원하게 받고 싶으면 주머니에서 구겨진 십 위엔 짜리 한 장만 뽑아주면 발을 만지는 손가락에 힘이 주어지는 것을 느낄 수 있었다.

버스나 택시를 이용할 때도 공항이나 기념품 가게에서 지도를 사서, 가고 싶은 곳에 동그라미만 표시해주면 만사형통이었다. 그래도 꼭 말이 필요한 경우에는 남해 해성고등학교 교사시절 같은 구내에 있는 중학교 2학년 한문을 가르치면서 쌓아둔 한자 실력으로 필담을 했다.

내가 써주는 한자가 문화혁명 이후 천이백 자나 바뀐 한자와 달라서 간혹 젊은 기사들이 글씨를 알아보지 못하는 경우가 있긴 했지만 그것은 내가 알 바가 아니었다. 그들은 누구에게 물어서라도 내가 가고 싶은 곳에 데려다주었다. 도사 같은 모습에 겁을 먹었거나, 더덕더덕 기운 옷을 입고 수염도 깍지 못한 채 돌아다니는 내 몰골이 불쌍해 보였던 게 분명하다.

시장 안 이곳저곳을 기웃거리다가 차를 마시고 있던 가게 주인이 차를 한 잔 권하면 주저하지 않고 들어가 차를 얻어 마신다. 내가 답례로 내가 즐겨 피우는 한국담배 '타임'을 주면, 한 모금 피우다가 이렇게 순한 것이 무슨 담배냐는 식으로 자기네 담배를 피워 보라고 권한다.

사십년을 넘게 피워 골초가 된 나도 서 너 모금만 빨면 머리가 핑 돌면서 금방 자빠질 정도로 독한 줄 알지만, 기꺼이 받아 몇 모금 빨고는 엄지손가락을 세워주며 역시 당신네 나라 담배가 최고라는 시늉으로 고개를 끄덕거린다. 목까지 넘기는 것이 아니라 입안에서 몇 번을 돌리다가 서서히 내뿜는 요령을 부리는 것인데, 이제 이 부분에서는 전문가가 되었다.

그 자리에서 나오자마자 항상 가지고 다니는 활명수로 한참 동안 입안을 헹구어낸다. 이것은 내가 고안해 낸 그들과 친해지기 위한 비법 중의 하나이다.

이렇게 노닥거리다가 점심때가 되면 그들이 늘 먹는 도시락을 내 몫까지 주문해 준다. 밥과 반찬이 따로 담긴 도시락 두 개를 자기들보다 더 맛있게 먹는 나를 보고 비로소 그들은 나에게 우정의 눈빛을 보내기 시작한다. 그리고 다음에 찾아가면 백년지기를 만난 듯이 반갑게 맞이 해주며 자진해서 가이드가 되어 내가 필요한 물건들을 질이나 양적으로 속이지 않고 싼 값으로 구해준다.

사람으로부터 시작해서 사람과 사람의 관계를 최우선으로 두는 나만의 사업 방법이다. 설령 내가 생각한 사업이 금전적으로 실패한다 하더라도 나는 절대로 손해를 보지 않은 셈이다. 금전적으로 약간 손해를 본 대신 공짜 담배와 식사를 시켜주는 사람들을 얻었으며, 그것은 어떤 것으로도 환산할 수 없는 내 마음의 소득이기 때문이다.

조선족 임시 통역과 거래를 시작했다.

"자네가 사장과 매출 금액의 2%를 리베이트로 받기로 했으나, 내가 3%를 줄 것이니 비굴하게 굽실거리지 말고 당당 하게 맞서라. 사장이 나를 속이는 자네를 얼마나 가소롭게 볼 것이며 속는 나도 바보가 되는 것이 아닌가. 특히 그는 한족이고 우리는 같은 동포가 아니냐. 통역비를 받았으니 그런 거 안 받는다고 하면서 당당하게 흥정해라."

고개를 숙였던 그는 가슴을 펴고 당당하게 물건 값을 흥정했고 그 결과 5% 이상 할인을 할 수 있었다. 조금 더 주면 더 큰 것을 얻는다는 진리는 언제나 내 사업의 근본이 되었으며 그 진리는 단 한 번도 나를 배신한 적이 없었다.

그 뒤 몇 번의 무역 상담 통역을 맡았던 그는 나와 같이 일할 때가 자신의 인생에서 가장 행복한 순간이라고 했다. '그래, 나도 자네와 같이 하는 시간이 가장 행복한 시간이라네.'

이제 가구 수입업을 그만 두게 되니 다시 만날 일이 없어졌지만, 그가 어떤 일을 할 때에도 어깨를 펴고 당당하게 살아 주기를 기대해본다.

황혼의 수학여행

:::::::: 예정 시간보다 훨씬 앞서, 꼭두새벽부터 다 모인 남자 친구들과 읍에서 출발한 여학생들과의 미팅 장소인 김해공항. 한명의 낙오자도 없이 제시간에 다 모였다.

남해에 살고 있는 삼동초등학교 27회 수학여행단의 인원은 열 명, 그리고 친구의 친구 한 명이 동행해 총 인원은 여학생 여섯 명에 남학생 다섯인 열 한명으로 구성된, 거의 칠순을 넘긴 황혼의 수학여행단이다.

이미 세상을 떠나버린 친구들과 이런 저런 사정으로 참가 하지 못하는 친구들을 빼고 일 년 동안 월례회 때마다 꼬박 꼬박 여행 곗돈 5만 원을 모은 총 인원인 셈이다.

먼저 입국 수속을 마치고 기다리는데 방송으로 호출하는 목소리가 들린다.

"김창엽 손님, 화물에 문제가 발생했으니 카운터로 오시기 바랍니다."

아뿔싸, 아직 출국 수속을 하지 못하고 출국 심사대 저 쪽에서 어쩔 줄 몰라 발을 동동 구르는 친구를 손짓으로 안심시키고 이리 저리 뛰고 있는데, 또 방송으로 단체여행 인솔 책임자를 호출한다.

"정금호 손님, 6번 게이트 방송실로 오시기 바랍니다."

떠나기 전부터 난리다. 공항 마이크는 우리 수학여행단이 전세 낸 것 같다. 나중에 알고 보니 가방에 넣어 놓은 맥주와 소주병이 깨져 가방 밖으로 나온 것이다. 가방에 조금 여분이 있다는 이유로 자기는 먹지도 않는 술을 가방에 넣어 옷가지도 다 적셔버리고 억울한 누명까지 쓴 친구를 달래며 화물칸에서 비닐로 가방을 싸매는 응급조치를 마치고 나서 무사히 비행기에 올랐다.

'정말 초등학교 6학년생을 인솔하는 기분으로, 끝날 때까지 절대 방심하면 안 되겠구나!'

일거수일투족을 세심하게 챙겨야 되겠다며 다짐을 했다. 그리고 수백 번도 넘게 공항 심사대를 통과해 본 경험자가 아니라 해외여행을 처음 가보는 초심자의 마음으로 돌아가기로 했다.

쉴 새 없이 조잘대며 즐거워하는 친구들을 돌아보며 여러 가지 생각이 오갔다. 개미 쳇바퀴를 돌듯, 끝없이 돌아가는 일상에서 우리가 얼마나 소중한 것들을 잊고 살았던가.

세월이 아무리 흘러도 그리운 것은 그리운 것이고, 아름다운 것은 아름다운 것이리라. 고희를 넘어선 이 날까지, 우리는 그 소중한 것들을 잊어버린 채 바보 같이 살아온 고달픈 인생들이었다.

부모님 모시며 자식들 챙기느라 동분서주 낮밤을 지새우며 어디 허리 한번 제대로 펼 수가 있었으며, 숨 한 번 크게 쉴 수 있었던가. 무릎 통증을 참아가며 허리벨트를 칭칭 감고, 어렵게 나선 여행의 길목에서 친구야, 우리 실컷 떠들고 함께 느끼며, 충분히 행복해 보자. 때늦은 동행이지만 잠시 모든 것 내려놓고 물장구치며 놀던 꽃내의 그 시절 개구쟁이들로 되돌아가 실컷 즐기자. 이제 할 만큼 했으니, 잃어버린 시간들을 보상받고 살자. 3박4일의 길지 않은 시간이지만, 오래도록 잊지 못할 좋은 추억을 만들며, 황혼의 들녘에서 진한 감동을 느끼고 돌아가자꾸나.

기내에서 상념을 끝내고, 상해공항에서 잠시 자리를 비운 사이 이게 무슨 일이람! 내 가방이 사라진 것이다. 정신없이 가방을 찾다 보니 철택이 친구가 저만치서 내 가방을 끌고 가고 있는 모습이 눈에 띈다. 친구의 구부러진 뒷모습을 바라보고 있노라니 한없는 우정과 배려심이 절로 느껴진다.

단체비자로 무사히 공항을 빠져나온 이 시대의 진정한 '꽃보다 할매, 할배들의 중국 수학여행' 이제 첫걸음을 내딛는다.

"너거들 한 사람이라도 여권 잊어삐모 우리 전부 다 집에 못 돌아갈낀께 꼭꼭 챙기넣고, 가방은 전부 앞으로 매고, 앞 사람 뒤통수만 보고 따라댕기야 한다."

첫 날 밤을 보낼 영파를 향해 네 시간을 달려 도착한 세계 최장 36킬로미터의 항주만 해상대교 휴게소에서 저녁 식사를 했다.

어휴, 중국식으로 차려진 반찬보다 여학생들이 며칠동안 장만해서 바리바리 싸가지고 온 반찬들이 더 많다.

"야 밥상 좀 천천히 돌리고, 천천히 묵어라. 자꾸 자꾸 나올 낀데 뒤에 맛있는 거 나올 때 배가 불러서 몬 묵으면 아까바서 우짤라꼬 그리 빨리 묵노!"

아! 귀여운 우리 친구들, 참 재미있다.

숱한 여행을 통해 다양한 감정들을 느끼면서 색다른 여행의 맛을 즐겨왔지만 이런 느낌은 처음 가져본다. 한마디로 '우찌 이리 좋노!'

높고 낮음도 없고 아무런 가식도 없이 꾸미지 않아도 그냥 좋기만 한 발가벗은 친구들 사이. 쉴 새 없이 조잘대는 순수함이 좋고, 끊임없이 부려대는 재롱들이 너무 귀엽다.

초등학교 때 못해 본 회장 감투에다 이백 번 넘는 중국여행의 경험을 친구들에게 뽐낼 수 있으니 저절로 어깨가 들썩 거린다.

오성급 고급호텔인 영파원주호텔에 들어서 방 열쇠를 받은 여자 친구 왈, "야! 열쇠를 종이로 맹글어 머어 이리 납닥 하노, 니가 와서 열어주고 가라."

방을 다 챙겨주고 나서 친구들의 배려로 혼자 쓰게 된 독방의 넓은 침대에 누워 세상은 아직도 살아볼만 한 곳이라는 생각을 잠시 해본다.

식당 문이 열리기도 전에 꼭두새벽부터 내려와 대기하고 있는 우리 할매 할배들 덕분에 중국의 왕 서방 만만디 주방장들의 손길이 바쁘다. 오늘의 일정은, 당나라 시대부터 현재까지 마을이 유지되고 있는 천년 역사의 자성고전과 태항산맥의 웅장함과 장가계의 기이함을 모두 갖추고 있으며 신선들이 살았다는 신선거를 관광하는 것이다.

친구들은 이동하는 네 시간 동안 끊임없이 노래를 불렀다. 부르다 부르다 밑천이 떨어지고 노래 가사가 생각나지 않으면 '라라라……' 하면 되고, 그것마저 바닥이 나면 동요까지 동원 했으며, 마지막에는 교가도 곱빼기로 불러재꼈다.

아무튼 경험 많은 중국 버스기사도, 조선족 가이드도 이렇게 정력 좋은 관광객들은 처음 봤다고 하니, 천혜의 자연 속에서 자란 남해 마늘과 청정해역 생선만 먹고 살아온 우리 보물섬 할매 할배들의 위력을 중국 대륙에서도 유감없이 발휘한 셈이다.

신선거 중턱에서 내린 케이블카에서 정상까지는 도보로 왕복 세 시간 거리, 여학생들 세 명이 더는 못 가겠다고 주저앉는다.

어쩌겠는가, 천하 절경 신선거를 눈앞에 두고 가이드에게 일곱 명을 맡기고 세 명의 친구들만 데리고 호텔로 하산하는 수밖에…

그런데 이 정도는 아무것도 아니었다. 모두가 하산한 후, 내일 일정인 설두산 관광을 위해 다시 세 시간을 달려 봉화 호텔에 도착한 일행 대부분이 이미 파김치가 되어버린 것이다. 아아! 불로장생 남해마늘의 효험도 나이 앞에서는 맥을 못 추는가 보다.

호텔로비에서 긴급회의를 했다. '내일 새벽부터 절두산을 올라가야 하고 밤늦게 네 시간을 달려 상해에 도착해야 하는데, 100% 모두 찬성하면 가이드하고 회사 측과 의논해 일정을 바꿔 보기로 하자.'는 내용이었다.

전원 찬성으로 일정을 바꾸기로 했으나, 사실 거의 모든 것이 예약되어 있는 중국 패키지여행에서 일정을 변경하기란 쉬운 일이 아니며 흔히 있는 일도 아니다. 그래도 어쩌겠는가, 천하명승지 구경도 좋지만, 무엇보다 중요한 것은 건강과 안전이 최우선 아니겠는가.

처음부터 무리하게 일정을 짠 당신들에게 책임이 있다는 점을 주지시키면서 회유와 설득 끝에 드디어 일정을 변경하게 되었다. 좀 느긋하게 자고, 여유 있게 아침식사를 즐기면서, 설두산을 포기하고 상해에 가서 상해 임시정부와 예원, 쇼핑 코스와 세계 최고라는 황포강 샹하이 야경을 즐기기로 했다.

김구 선생 영정에 고개 숙이고 삼동초 27회 이름으로 헌금을 하면서 가슴 뿌듯한 애국심도 느껴 보았으니, 참으로 잘한 일이었다. 그리고 며느리에게 받은 용돈으로 손주 녀석들 선물도 샀고, 황포강 유람선 안에서 식사를 즐기며 여행을 통한 힐링도 할 수 있었다.

여행 마지막 밤 과일 파티를 위한 과일 값을 몽땅 다 내고 늦게 도착한 정순이 왈, "목욕탕에 샤워 물이 안 나와서 컵으로 머리 감는다고 늦었다 아이가. 맛있는 거는 너거가 다 묵어 삣네." 하하! 최고급 홀리데이 인 호텔에서 목욕탕 물이 안 나온다니!

우리는 이렇게 구십여섯 시간 동안 타임머신을 타고 육십 년 전으로 돌아갔다 왔다. 본 것은 하나도 없고 가슴에 추억만 가득 담아온 세상에서 제일 아름다운 황혼길 수학여행이었다.

김해공항에 내리고 난 다음에도 아직 여행 중인 할매가 내게 부탁을 한다. "금호야, 내 며느리 꺼 뭐 사가지고 가야 하는데 면세점 좀 데려다주라."

이 일을 어찌할꼬!

메이드 인 차이나

:::::::: 지구 구석구석 파고들어 사람이 살고 있는 곳이면 어디서든지 볼 수 있는 메이드 인 차이나.

해오름예술촌 아트샵에 들어온 손님이 물건을 뒤집어보며 하는 말,

"어, 중국제를 예술촌에서 파네."

그러면 나도 이렇게 말한다.

"이 세상에서 제일 싼 것도 중국에 있지만, 귀하고 비싼 것도 중국에 있습니다. 수입상들이 값싼 것만 들여오니 저질의 상품만 볼 수밖에 없는 거지요."

중국 풍토에서 중국사람 입맛에 맞게 농사를 지어 진짜 고춧가루를 수출했는데, 수입한 사람들이 그 진짜에다 색소를 넣어 붉게 만들어 국내 고추인양 비싼 값에 팔려다 들통이 나면 '가짜, 중국제'라고 떠든다.

이 재첩 역시 마찬가지이다. 분명히 중국에서 잡아 수출하는 것이라고 표기해 보냈으니 진짜를 보낸 것이다. 그러나 국내에 와서 중국제품이라고 찍혀 있는 자루를 교체하고 국내산으로 둔갑시켜 팔다 들키면, '가짜,

중국제품'이라며 남의 나라 탓을 한다.

누가 억지로 강매해서가 아니라 자신의 필요에 따라 저렴한 중국제품을 선택해 산 것인데도 중국제품은 무조건 하자가 있는 가짜라며 수입한 상자를 뜯자마자 상표를 떼어내고 원산지 표시를 없애 가짜로 만들어 버린다.

우리나라도 짝퉁을 만들어 팔고 있으며, 중국이라고 가짜 제품이 없는 것은 아니다. 엄청나게 많은 저질품과 가짜 중에서 고급품과 진짜를 선택할 수 있는 지혜를 가져야 한다. 우리 주위를 둘러보면 이쑤시개부터 정원에 깔린 돌멩이까지 대부분의 상품을 중국제품으로 생활을 하고 있다고 해도 과언이 아니다. 만약 이것들이 일시에 들어오지 않는다고 생각해 보면 그 불편함이란 상상할 수 없을 정도이다.

내가 지금까지 대략 오십 여개 컨테이너에 메이드 인 차이나가 선명한 돌 조각품들, 원목가구, 각종 공예품 등을 수입해왔지만, 하나 같이 가격이나 재질, 디자인 면에서 중국이 아니면 도저히 만들 수 없는 것들이었으며 구매자들도 만족할 만한 수준이었다. 아직도 우리보다 저렴한 인건비와 풍부한 자원들, 그리고 쌀알에 반야심경을 새겨 넣을 만큼 세심한 숙련공들의 솜씨는 어느 나라가 따를 수 없다.

이싱俉興의 자사 다구, 샤먼河間의 석재, 불산의 도자타일, 경덕진의 도자기. 운남의 차 등등, 생산지의 방대함과 그 종류의 다양성을 보지 않고 감히 메이드 인 차이나를 논해서는 안 된다.

우리에게만 신토불이가 있는 것이 아니다. 그들도 자신의 땅에서 자신의 입맛에 맞는 농산품을 생산하고 남는 것을 수출할 뿐인데 왜 자꾸만 저질이라고 하는가. 필요해서 사 오는 것이고 기왕지사 사 온 것이면 인정해 주자.

천 원부터 시작해 수억 원을 호가하는 똑같은 100g 보이 병차, 한 개를 사면 100원이지만 만 개를 사면 한 개의 가격을 십 원으로 내려주는 박리다매 원칙. 싼 것이든 비싼 것이든 내가 필요한 것을 필요한 만큼 구할 수 있는 중국이라는 나라가 넘어지면 코 닿을 듯 가까이 있다는 것은 참 좋은 일이다.

닝보에 있는 가구공장에서 원목가구를 주문하는 나를 보고 주인이 하던 말이 생각난다.

"당신이 정말 한국 사람이오. 내가 지금까지 만난 한국 사람들은 어차피 중국 제품은 비싸게 팔 수 없으니 못질하고 풀칠해서 대강대강 만들어달라고 했거든요."

가구의 샘플을 가져가서 못질과 풀칠은 절대로 하지 말고 가격에 관계없이 샘플과 같이 모든 것을 수공으로 짜맞출 것을 요구하는 나를 보고 한 말이었다.

넓은 땅에서 나오는 풍부한 자원과 많은 사람들 중에서 나오는 숙련공들과 싼 임금으로 승부하고 있는 저렴한 메이드 인 차이나. 우리가 해야 할 일은, 중국에서 값싼 기성제품을 수입하는 것이 아니라, 우리에게 맞는 디자인과 품질로 주문 생산해 오는 것이다.

재질과 모양을 정해주면 한 치의 오차도 없이 정확하게 만들어 주는 나라, 사진이나 견본품을 보내면 똑 같이 만들어 주는 나라가 중국이다. 천연자원이 부족하고 값싼 노동력이 부족한 우리에게 꼭 필요한 나라가 중국인데, 바로 이웃에 있으니 물류비용이 저렴하며 시간을 벌 수 있다는 것은 큰 장점이다.

같은 물을 먹어도 뱀이 먹으면 독을 만들고, 소가 먹으면 우유를 만들어 낸다. 중국이라고 해서 자원이 무한정 있는 것도 아니며 저임금이 그리 오래 지속 되지도 않을 것이다. 만들지 못해서가 아니라, 주는 가격만큼 만들어지는 메이드인 차이나. 많은 사람들이 많이 만들어 싸게 파는 메이드 인 차이나가 있어서 나도 갖고 싶은 것을 가질 수가 있었고, 주고 싶은 사람에게 줄 수 있었다.

언제나 나의 주문품에 지극정성을 다해 좋은 제품을 만들어 주고 있는 중국의 제조공장 사장들에게 감사의 뜻을 전하고 싶다.

자존심을 건드리지 말라

:::::::: 관광버스 차창 너머로 천 원, 천 원…….

"에이 나쁜 놈들, 에이 사기꾼들. 중국에는 역시 도둑놈들뿐이라니까."

관광상품 판매점이나 노점상에서 오천 원에 산 기념품을 버스가 떠나려고 하니 천 원에 가져가라고 차창 밖에서 아우성을 친다.

기념품을 오천 원에 산 사람은 버스에서 싸게 산 사람들에게 일시에 바보가 되어버린 앙갚음으로 십삼억 인구 전체를 모두 도둑놈으로 몰아버린다.

"김 형, 너무 억울해 하지마소. 당신이 산 것은 진짜고, 방금 저 사람들이 싸게 산 것은 모두 모조품이거나 불량품이요. 돈 사천 원에 청춘이 흔들리겠소, 아니면 당신 살림이 거들이 나겠소?"

"아니 돈이 문제가 아니고 사람 바보 되는 것이 기분 나빠서 그렇지요."

아등바등 살던 일상에서 벗어나 세상구경도 하면서 잠시 쉬어가자고 나선 여행인데, 좀 손해도 보고 잠깐 바보가 되어 보는 것도 그리 나쁘지 않은 것 같은데 쉬 화가 풀리지 않는 모양이다.

여행이란, 새로운 것과 만나고 경험하고 이야기 거리를 만들어 추억하려는 것이다. 오천 원짜리를 오천 원에 산다면 무슨 이야기가 되고 추억이 되겠는가. 여행을 하며 음식 타령, 교통 타령, 잠자리 타령에 기후 타령까지 하니 그 여행이 즐거울 리 없다.

우리나라는 이렇지 않는데 여기는 왜 이 모양이냐며 계속 불만을 터뜨리는 사람들을 볼 때가 있다. 그렇게 편하고 좋은 우리나라에 가만히 있으면 비싼 여행비 들이지 않고 좋았을 텐데 왜 따라나서서 이 고생을 하는 것일까.

'로마에 가면 로마법을 따라라.' 비행기 안에서 외국인들의 눈총을 받아가며 냄새나는 김치와 고추장을 챙기려면 무엇 하러 거기까지 가는지 이해가 잘 되지 않는다. 여행을 통해 잠시나마 낭만파 시인이 되기도 하고 고독한 명상가가 되기도 하지만 진정한 여행의 맛은 도전과의 만남이며 극복인 것이다.

남해 독일마을을 유치하려 할 때 마인즈에 있는 루드빅 씨 댁에서 사십 일 동안 머문 적이 있었다. 밀가루 음식을 좋아하지 않는 식성이라 체류기간 동안 어떻게 빵만 먹고 견딜 수 있을지 고민이었다.

그러다가 우리가 평생 동안 쌀밥을 먹어도 지치지 않듯이 서양 사람들도 맛이 있으니 빵만 먹고 사는 게 아니겠는가라는 생각이 문득 들었다. 이번 기회에 식성도 고칠 겸 빵맛을 제대로 알아보기로 결심하고 루드빅 씨 내외가 가끔씩 한식을 마련해주겠다고 하는 것마저 한사코 마다하고 빵만 먹고 지냈다.

새벽 다섯 시 빵공장 앞에서 줄을 서서 기다리는데 금방 만든 빵을 받는 순간 코끝으로 밀려드는 빵 냄새는 너무나 강렬하고 향기로웠다. 그리고 그 부드러운 맛 또한 기가 막힐 정도였다. 딱딱하고 아무 맛이 없을 거라고 생각했던 독일 빵에 대한 선입견은 한낱 기우에 불과했다. 덕분에 사십일 동안 나는 한 번도 밥 생각을 해본 적이 없었다.

지금도 그때 먹던 빵 생각이 나면, 남해로 이주해 이웃에 살고 있는 루드빅 씨 댁에 들러 맛있는 빵을 얻어먹곤 한다. 외국 여행을 하고 돌아와 사람들과 만나면, 며칠 동안 우스갯소리로 "한국말을 잘 알아들을 수 없으니 말을 좀 천천히 하이소." 하며 다닌다.

중국을 찾는 관광객들에게 중국인이 던지는 무언의 메시지는, '싫으면 오지 마라. 왔으면 우리 방식에 따라라. 세계 어디를 가도 우리가 가지고 있는 유구한 역사와 자연, 불가사의를 만날 수 없다. 이 적은 돈으로 어디 가서 이런 재미있는 구경을 할 수 있느냐, 더럽고 불편해도 너희들이 오지 않고는 못 배길 것이다."

중화사상의 바탕 위에 민족의 자존심과 긍지로 중국을 찾는 연 이천만 명의 관광객들에게 이렇게 당당하게 고함지르고 있는 것이다. 항공료와 철도요금, 관광지 입장료도 내국인보다 더 내야 한다. 중국 땅에서 편하게 잠을 자는 대가로 이 땅의 주인들보다 비싼 요금을 내야 한다는 것이다. 악착같이 천 원어치라도 팔려고 애쓰는 것은 비굴해서가 아니라 그들의 삶의 방식이며 자연스러운 그들만의 모습인 것이다.

관광지에 가면 관광객을 따라다니면서 사진을 찍고 있는 사람들이 있다. 코스를 모두 돌아보고 집결지나 호텔에 돌아오면 그들이 찍은 예쁜 사진들을 크게 인화해서 대략 삼천 원 정도에 판다. 인물사진이기 때문에 팔리지 않으면 태우거나 버려야 한다. 이런 약점을 이용해 관광객들이 값을 깎으려고 흥정한다.

"우리가 사주지 않으면 버려야 할 것이니 천 원이라도 받고 팔아라."

상인들이 말없이 돌아선다. 버스가 떠날 때는 틀림없이 차창 밖에서 '천 원, 천 원' 하고 달려들 것이라 생각하면 큰 오산이다. 손해를 보더라도 몇 푼의 돈에 연연하는 당신의 소중한 추억을 불태워버리겠다는 것이다. 같은 중국 땅이라 하더라도 각자의 생각과 사는 방법은 다르다. 설사 재료값도 못 받고 버리는 한이 있더라도, 그렇게는 못 하겠다는 것이다.

이런 적도 있었다. 삼만 개의 돌을 구입하면서 샘플 한 개를 가져온 적이 있는데, 그들이 청구하는 계산서에는 삼만 한 개의 가격이 적혀 있었다. 단 한 개도 그냥 주지 않는 나라, 그것이 중국의 진정한 모습인지도 모른다.

중국을 여행을 하는 동안 내가 한순간도 잊어버리지 않는 것은, '그들의 자존심을 건드리지 말라'는 것이다.

운남성에서 잡은 세 마리 토끼

:::::::: 나는 거의 혼자 여행을 간다. 그리고 더위를 견디지 못하는 체질인데다 관광객들이 많이 몰리는 계절이면 너무 어수선해서 될 수 있으면 겨울에 여행을 떠난다.

어쩔 수 없이 여럿이 함께하는 경우에는 동행하는 사람들과의 친목이 중요하므로 소풍 나온 기분으로 즐겁게 보내고 오는 정도에 그친다.

물론 여행사 스케줄에 따라 단체여행을 가기도 하는데 다음에 혼자 올 때를 대비해 도움이 될 만한 현지 사람들을 만나고 여행경비를 산출하기 위한 자료를 얻기 위해서이다.

중국여행은 반드시 사업과 관광, 두 마리 토끼를 다 잡는다는 마음으로 시작한다. 우리 속담에 두 마리 토끼를 쫓는다는 말이 있다. 두 가지 일을 한꺼번에 하려고 하면 한 가지도 할 수 없으니, 하나의 목적에 집중하라는 이야기다.

그러나 나는 사업과 관광뿐 아니라 달콤한 휴식과 고독한 명상, 예술촌 인테리어 소품 구입, 그리고 잘 먹고 잘 자는 여러 마리의 토끼를 쫓는 셈이다.

속담과는 달리 언제나 계획대로 잘 이루어졌고 기분 좋은 마음으로 다음 여행을 준비하게 된다. 여러 형태라 보이겠지만 결국은 하나다. 모든 길은 로마로 통하듯이 실제로는 하나이며 같은 것을 우리 마음이 분별하고 있는 것이다. 즐겁게 사업하고 즐겁게 관광하고 즐겁게 먹고 자고 즐겁게 명상한다는 것은 모두 행복한 일이다.

내가 다반사로 마시고 있는 보이차는 사업차 머무는 대도시의 차 시장에서 구입하며, 특별히 좋은 차를 구하고 싶거나 많은 양을 구하고 싶을 때는 광저우 차 도매 시장으로 간다. 차의 생산지로 잘 알려진 운남성으로의 여행을 여러 차례 꿈을 꾸긴 했으나, 남쪽지방의 더위와 먼 거리 등을 이유로 성큼 나서지 못했다.

그런데 마침 MBC 진주방송국에서 주관하는 중국 역사 문화 탐방단을 모집한다는 광고를 보고 기꺼이 동행하게 되었다. 사업적 목적은 대리지방의 대리석과, 소수민족 나시족의 벽화, 운남 보이차의 사업성을 타진하는 것이었다. 물론 이번 여행에서 결정할 일은 아니었다. 이번에는 관광객으로써 즐기고 다음에 사업차 올 때 안내해 줄 유능한 지역 가이드를 물색해놓으면 되는 일이다. 중국과의 무역 성공 여부는 현지에 있는 통역이나 가이드를 잘 만나 서로 간에 얼마나 깊은 신뢰 속에서 사업을 추진하느냐가 절반 이상의 비중을 차지한다.

중국의 단체관광 안내는 계약한 여행사에서 나오는 스루가이드 즉 처음부터 마지막 날까지 관광객과 같이하는 전국구 가이드와 전문적으로 자기 지역만 안내하는 지역 가이드가 있다. 한 사람이 전국을 설명하기에는 너무 땅이 넓고 역사가 길기 때문이리라.

운남성에서 곤명 지역을 안내한 가이드 임귀화 씨는 안내를 세련되게 하고 유창한 한국어 실력을 갖추고 있어서 전문적인 무역 상담을 하는 데 지장이 없을 것 같았다.

옷깃만 스쳐도 삼천 년의 인연이라고 하니, 우리가 살아가면서 만나는 사람들은 우연이 아니라 필연적인 운명으로 만나는 것이다. 내가 만나는 사람들을 모두 귀하게 여기며 좋은 인연이 되도록 애쓰는 까닭은, 어떤 식으로 만나게 되었건 그 모든 만남들이 아름답고 즐거운 추억으로 남아있기 때문이다. 같이 있을 때는 느끼지 못했지만 떠나고 난 뒤에는 언제나 조금 더 잘해주지 못한 것에 후회와 그리움이 있었다.

나는 대개 만나는 사람의 첫인상에서 그 사람과의 관계를 정해버린다. 얼굴, 목소리, 몸동작, 옷매무새, 걸음걸이 등 몇 가지를 접하고 난 후 받은 느낌은 거의 정확했다. 상대방에 대한 믿음, 그의 능력과 인간성 등 모든 것들을 첫 인상에서 정해버리지만 별로 실패한 일이 없었기 때문에 지금까지도 상대방과의 첫 만남의 느낌을 가장 중요시 하고 있다. 실패하는 경우는 그 사람의 잘못이 아니라 대개 나의 순간적인 오판이나 철저히 믿고 맡겨주지 않았기 때문이었다.

같이 한 마흔 명의 여행 동반자들과의 새로운 우정을 쌓으며 운남 차 시장을 개척할 때 통역을 담당할 동업자도 구했으니 두 마리 토끼는 잡은 셈이다. 그런데 기왕지사 멀리까지 왔으니 예술 토끼 한 마리만 더 잡고 가자.

중국에는 대략 서른세 개 정도의 소수민족이 살고 있다고 한다. 그 중에서도 곤명 지역에 거주하는 나시족 문자는 현대 디자인에서도 많이 응용되는 특이한 모양으로 기하학적인 아름다움을 갖고 있다. 내가 사업적으로 관심을 가진 것은 나시 문자를 이용한 인테리어 소품과 나시족 예술가들과의 만남을 통해 특이한 판화와 그림을 제작하는 것이었다.

역시 생각한대로 나시족 문자를 이용한 판화와 토산품들이 상품화되고 있었다. 그리고 프랑스에서 유학한 나시족 화가를 만난 것을 계기로 현대와 고대가 어우러진 특이한 그림과 인연이 될 수도 있을 것 같았다. 이제 돌아가면, 사업계획을 세워 혼자 운남성을 돌며 재미있는 여행을 할 수 있는 근거를 마련한 것이다.

두 마리 토끼를 잡겠다고 나섰던 여행에서 세 마리나 잡았으니 이번 여행의 본전은 충분히 찾은 셈이고, 더불어 같이한 사람들과의 좋은 인연을 상여금으로 받았으니 언제나 중국은 나를 신명나게 하는 땅이다.

아싸, 호랑나비

✿

:::::::: 남들이 보기에는 꽤나 바쁘고 복잡해 보이지만 한가하고 단순하게 살았다. 말 그대로 내 인생은 김홍국의 '아싸 호랑나비'였다.

좋은 것은 좋은 것이고 싫은 것은 싫다고 했으며 물은 그냥 물이었고, 산은 그냥 산으로만 보고 살았다. 더 추가할 필요도 없었으며 더 뺄 생각도 하지 않았고, 재미있으면 사력을 다해 끝을 보았고 재미없겠다 생각되면 처음부터 시작하지 않았다.

만나고 싶은 사람이면 천리를 가서라도 만났고, 보고 싶고 하고 싶은 것이 있으면 만 리를 가는 것을 서슴지 않았다. 종횡무진 치달려도 지치지 않았고, 강물이 막아서면 운명이라 생각하고 돌아와 버렸다. 고민할 필요도 없었고 아쉬워하지도 않았으며 그저 운명의 물결에 순응하며 즐겁게 살아왔다.

'아무리 천재라도 노력하는 자 이기지 못하고 아무리 노력해도 즐기는 자 이기지 못한다.'는 말을 좌우명으로 삼고 즐기면서 일했고 즐기면서 사람들을 만났다.

"어머님, 저를 낳으신 시간이 언제입니까?"

"잘 모리것다. 여덟이나 딸을 놓고 빌고 빌어 아들 하나 낳았는데 시간 볼 정신이 오데 있노. 정말로 내가 아들을 낳았는가 싶어서 고추만 보고 있었제. 좌우간 니 놓고 쪼끔 있응게 새벽닭이 울더라."

그 어머님께 효도를 다 하지 못한 후회와 자책으로 종종 눈물겨워 하고 있지만, 첫 닭이 울기 조금 전에 세상에 나온 호랑이는 새벽의 찬 공기를 마시며 배를 채우기 위해 호랑이 눈썹을 추켜세우고 세상을 향해 질주했다.

썩어버리는 나무 의자들이 귀찮아 샤먼河門과 석가장石家莊의 돌을 찾았고, 값비싼 다완장 한 개 때문에 닝보의 상산象山을 만났으며 작은 카메라 하나의 인연으로 시안西安의 진시황제와 양귀비를 봤으며, 천하제일 명산은 '아리랑' 메아리를 그립게 했다.

이 모든 것이 대륙의 자존심으로 친구를 대하는 중국친구들과 조선족 동포들의 따뜻한 우정이 있었기에 가능했다. 언제나 중심은 사람이었고, 사람으로부터 시작해서 사람으로 끝을 맺었다. 어디를 가나 사람냄새가 물씬 나는 사람들이 살고 있었고, 사람답게 살아가려는 사람들이 있는 좋은 세상이었다. 그들은 내가 믿는 것만큼 믿어주었고, 내가 그리워하는 만큼 그리워 해주었다.

물의 도시 소주蘇州를 찾은 것은 조화로운 물의 정원과 정자들을 돌아보며 고도의 낭만에 젖어보고 싶어서였다. 버스를 타고 상하이로 돌아오던 중에 간이 휴게소에 들려 잠깐 휴식을 취하고 출발하려던 버스 안에서 소란이 일어나기 시작했다.

승객의 머리위에 있는 선반에 얹어둔 손가방이 없어졌다는 것이다. 나중에 알게 된 사실이지만 버스가 출발하기 전부터 거금이 들어 있는 것을 알고 계획적으로 저지른 범행인 것 같았다.

상하이에서 신고 받은 경찰이 와서 조사를 끝낼 때까지 무한정 기다려야 했다. 무려 다섯 시간이나 지난 후에 도착했는데, 조사를 다 끝내려면 얼마를 기다려야 할지 알 수 없었다.

그러는 사이 이미 밤이 되어버렸고 시내까지 가는 줄 알고 탄 버스는 변두리 주차장이 종착점이었다. 같이 타고 온 승객들은 모두 중간에서 내려버렸고 내가 우물쭈물 하는 사이 운전기사도 자기 갈 곳으로 가버리고 불빛 하나 없는 주차장에는 나 혼자 뿐이었다. 진퇴양난, 당황하지 않을 수 없었다. 그러나 그것도 잠시 '앗싸 호랑나비!' 들이밀어 보는 거다.

멀리 희미한 불길을 보며 무조건 걷기 시작했고 드디어 몇 채의 허름한 농가가 나타났다. "니하오, 니하오" 아는 말이라고는 그것뿐이니 어쩔 수 없이 그렇게 주인을 부를 수밖에 없었다. 다행히 얼마 되지 않아 주인이 나타났다. 주인은 별다른 표정 없이 내 형색을 훑어보더니 한두 번 겪는 일이 아닌 듯 왜 그러느냐는 표정이었다.

새벽이슬을 맞으며 노숙자의 운명이 될는지 아니면 방 한 칸을 얻어단 꿈을 꾸는 행운을 잡을지 결정하는 절대 절명의 순간이다. 이럴 때 가장 중요한 것은 시선이므로 오직 눈으로서만 교감해야 된다. 글로써는 표현할 수없는 동물적 감각으로 온 몸을 다해 진심으로 갈구해야 한다.

간절한 내 진심이 통했는지 주인은 다행히도 내게 방을 내어주었고 다음날 간소하나마 아침식사까지 마련해주었다. 주인은 버스 정류장 까지 따라 나와 기사에게 부탁해 상해공항까지 갈 수 있도록 신신당부를 했다.

백 위엔 짜리 한 장을 쥐어주려는 나를 바라보던 그 눈빛을 십년의 세월이 흐른 지금까지도 쉽게 잊을 수가 없다. 손 안에 들어있는 지폐 한 장이 그렇게 무거울 수가 없었다. 만금보다 귀한 인간의 정을 돈으로 환산하려 했던 무례함과 부끄러움으로 얼굴도 차마 바로 보지 못하고, 그저 '세세, 세세'라는 말만 거듭하며 버스에 올랐다. 고마운 사람들과 함께 살아가고 있다는 것이 너무나 행복하다.

태산泰山

❀

　　:::::::: 중국에서 5악이라 부르는 대표적인 명산들이라 하면, 동악의
태산, 서악의 화산, 중악의 숭산, 남악의 형산, 북악의 항산이다. 이 산
들은 서로를 비교할 수 없는 나름대로의 역사와 풍광 그리고 빼어난 기
암괴석들과 분재를 방불케 하는 나무들로 가히 한 폭의 동양화를 연상
케 한다.

　　그러나 나는 그런 것들 때문에 태산을 찾는 것이 아니다. 명산 오악五
岳중 태산을 천하제일의 명산으로 꼽는데, 그 이유는 역대 제왕들이 제
천의식을 행하던 곳으로 중국인들이 가장 성스럽게 여기기 때문이란다.
공자는 태산에 올라 천하가 작다고 했다는데, 이처럼 태산은 예술가와
학자들에게 끊임없이 영감을 제공하며 고대문명과 신앙의 상징이 된 곳
이기도 하다.

　　한번 오를 때마다 십 년씩 젊어진다고 하여 누구나 타이산 등정을 평
생의 숙원으로 삼을 정도로 이곳을 오르려는 순례자들의 발길 또한 끊이
지 않는다. 도교의 성지로 영험이 서려 있는 곳이어서 그런지도 모르겠다.

지금은 케이블카의 등장으로 쉽게 오르락내리락 할 수 있어서 정상은 퇴근길 전철역만큼이나 사람들로 북적대지만, 그래도 여전히 태산은 그대로 태산으로 남아 있다.

오악을 모두 둘러본 나로써도 어느 산이 어떻다고 평가할 수는 없지만 유독 태산에 집착하여 자주 가게 되는 것은 태산에 들어설 때면 심신이 아늑해지는 동시에 마치 산이 내가 오기를 기다리고 있었던 것 같은 친밀감과 고향의 따스함을 느끼기 때문이다.

초입에 들어 설 때부터 온 몸을 엄습해 오는 산의 기와 내 기운이 어우러져 한바탕 회오리를 치고나면 새털 같이 평온해지는데 그 느낌을 무어라 표현할 길이 없다.

외롭고 권태로움을 느낄 때면 나는 망설임 없이 중국의 명산 태산泰山을 만나러 간다. 평택항에서 배를 타고 칭다오를 거쳐 제남과 태안의 열차 길을 선택하기도 하지만, 언제나 돌아올 때는 가벼운 마음으로 비행기를 탄다.

태산이 높다 하되 하늘 아래 뫼이로다.

오르고 또 오르면 못 오를 리 없건마는

사람이 제 아니 오르고 뫼만 높다 하더라

조선의 선비 양사언楊士彦 : 1517 1584이 쓴 이 유명한 시조는 우리나라 사람이라면 누구나 끝까지 읊조릴 수 있을 정도이다.

시조에서 가장 큰 산으로 태산을 언 급했지만 기실 고도가 1,532m로 그리 높지 않으며 총면적 426㎢로 큰 산도 아니다.

'오르고 또 오르면 못 오를리 없건마는'을 읊조리며 7412개 돌계단을 오르고 나면 드디어 신들의 세계에 접어들게 되어 텅 비어버린 가슴으로 차라리 눈을 감는다. 나도 없고 태산도 없어진다. 그는 언제나 생각을 허용하지 않았고 무심으로 찾아와 무심으로 돌아가라고 했다.

태산은 산이 아니라 언제나 나에게 '비움'의 가르침과 내려놓을 줄 아는 지혜를 가르쳐주는 스승이 되었다. 왜 그렇게 안달하며 비우지 못했을까? 내려놓아야만 보인다는 것을 뻔히 알면서도 그토록 무거운 것을 들고 쳇바퀴를 돈 것일까.

내 어리석음을 깨우쳐주며 새로운 모습으로 다시 한 번 세상에 나서라고 살며시 등을 밀어주는 그를 뒤로 하며 하산 길로 들어선다.

어느새 아홉 번째 다녀가는 길이다. 얼마나 더 와야 할지, 또 오게 될지 알 수 없다. 그러나 돌아갈 때면 언제나 한결 같은 마음이 이대로 내 삶의 평온함으로 남아 세속의 찌꺼기를 걸러주는 거름망이 되어주기를 태산님께 빌고 또 빌어 본다. 무념무상, 태산은 나에게 늘 신선하게 살라고 한다. 아차, 산을 내려오고 나서야 비로소 생각이 난다. 부산에서 승인식품을 운영하며 신심이 돈독한 보광월 보살님이 기도비를 쥐어주며 "꼬옥 우리 복까지 빌어주고 오이소." 하던 말을 잊고 있었던 거다.

보살님, 일부러 중얼거리며 기도드리지 않아도 전능하신 태산님은 다 알고 있을 테니 하나도 걱정 하지 마이소. 착한 식품만 만드는 보광월 보살님에게 복을 안 주고 누구에게 주겠습니까?

"보살님, 태산님이 알아서 복 많이 준답니다."

문화의 거리

:::::::: 호텔에 짐을 풀고 나면, 제일 먼저 역사의 숨결을 느낄 수 있는 옛문화의 거리를 찾는 것이 여행의 시작이다. 규모의 차이는 있지만 새로 생긴 신흥도시가 아니면 대부분의 도시에는 골동품과 민속 공예품, 주변 국가들의 공예품을 파는 문화의 거리를 찾을 수 있다.

요즘은 깨끗하게 단장된 곳이 많아 역사의 숨결 속에서 이국의 정취를 느껴보는 멋스러움이 점차 사라져가고 있지만 나는 그 곳에 살고 있는 사람들과 골목 냄새를 맡는 것이 즐겁다.

운수가 좋은 날은 주인의 안내로 따뜻한 차 한 잔을 얻어 마시며 희귀한 것들을 구경할 수도 있는데 꼭 사고 싶다는 생각보다는 가격을 흥정하는 과정이 더 재미있다.

주인이 가격을 말하기 전에 내가 먼저 이 물건이 얼마라면 살 것이라는 것을 미리 정해놓고 있기 때문에 그것이 진짜든 가짜든, 어디에서 어떻게 만들어졌든 내가 정해놓은 가격으로 구입하면 후회할 염려가 없다.

중국은 방금 공장에서 나온 물건도 불과 몇 시간이면 천년 세월의 때를 묻힐 수 있는 곳이며 어떤 물건이라도 사진만 보이면 금방 만들어 구해오는 곳이며 물건을 사는 재미보다 이곳저곳 어슬렁거리며 노전 상인들과 흥정하는 재미가 있는 곳이다.

어쩌면 문화의 거리는, 꼭 필요한 것을 구하러 가는 곳이 아니라 우리와 마찬가지로 점점 사라져가고 있는 옛 문화에 대한 아쉬움과 그리움, 그리고 길거리 포장마차에서 사먹는 중국 맛 때문에 가고 싶어지는 곳이다.

상인이 제품을 설명하는 동안 나는 마치 중국말을 다 알아듣는다는 듯이 고개를 끄덕거리며 맞장구를 친다. 설명을 다 끝내고 상인이 제시한 물건 값은 350위엔, 나도 평범한 골동품들은 어느 정도 구분할 줄 아는 수준이므로 이것저것을 감안하여 내가 계산기에 찍은 가격은 75위엔이다. 무턱대고 깎은 것이 아니라 이 정도 가격이면 당신도 손해 없고 나도 후회하지 않는 가격이라는 생각이 들기 때문이다.

꼭 필요한 것은 아니지만 재미있게 만들어졌고 중국이 아니면 볼 수 없는 것이므로 사려는 것인데, 내 마음에 들지 않는 가격으로는 사지 않겠다는 것이며, 더 주고 사게 되면 반드시 후회하게 된다는 것을 잘 알기 때문이다.

한참을 서로 밀고 당기며 흥정을 끝낸 가격은 내가 10위엔 양보하여 85위엔으로 정해졌다. 설사 흥정이 이루어지지 않아 못 사게 되더라도 재미있는 시간을 보냈으니 손해 본 것은 없다.

독일에 머물 때 벼룩시장에서 독일 말도 못하는 내가 흥정하는 것을 지켜본 교민들이 그랬다.

"독일에 거주하며 독일 말을 유창하게 잘하는 우리도 저렇게 자기 마음대로 거래를 할 수 없는데 진짜 도사는 도사네!"

심지어 3유로에 물건을 사서 시장을 한 바퀴 돈 다음, 독일 사람에게 15유로에 다시 파는 것을 본 독일 교민들이 혀를 내둘렀다.

"골동품 같은 사람이 더덕더덕 기운 골동품 옷을 입고 골동품을 팔고 있으니, 내가 갖고 있는 골동품은 진짜 골동품 같아 보일 것 아닙니까? 그러니까 비싸게 받을 수 있지요. 이런 걸 좋아하는 사람들은 추억을 그리워하고 낭만이 있는 사람들이니 몇 푼 안되는 돈에 연연하기보다는 분위기와 삶을 즐길 줄 아는 사람들인 거지요."

내가 벼룩시장에서 거래를 하는 기본은 쓰바이 오이루약 5000원이상의 물건은 사지 않겠다는 것이다. 5000원 이하의 투자로 독일 벼룩시장의 추억을 담을 수 있다면 그것으로 충분히 만족할 수 있기 때문이다.

사실 골동품시장에서는 규정된 가격이 없기도 하지만 내가 흥미를 느끼는 물건은 대부분 사람들이 잘 사지 않는 것들이라서 주인에게 애교를 부리면 싼 가격으로 쉽게 구입할 수도 있다. 특이한 복장과 수염, 그리고 하늘로 치솟은 눈썹으로 서툴게 자기네 말을 하며 살인적인 웃음으로 애교를 부리면 상품을 팔고자 하는 사람들은 마수에 걸린 듯이 거의 공짜처럼 주기도 했다.

새것보다는 옛것이 좋고, 현대인들의 삶보다는 옛날 사람들의 삶이 훨씬 정겹고, 디지털보다는 아날로그를 좋아하는 것은 어쩌면 태어날 때부터 나에게 주어진 운명인지도 모른다.

나는 언제나 그것을 즐겁게 받아들이고 거기에 빠져 들어가기를 좋아한다. 전국을 돌며 버려지고 깨어지는 요강들을 모으며 천여 개의 요강 속에 묻혀 있는 옛 사람들의 기를 느낄 때 내가 살아 있음을 실감하기도 한다.

우리 것보다 중국 것이 더 많아 어리둥절해지는 인사동보다 차라리 진짜 중국 것들만 있는 중국 문화거리를 부지런히 찾아다니는 까닭은, 오래전부터 그 곳에서 살아왔고 그 곳을 사랑하는 순박한 사람들이 있기 때문이다.

하루가 다르게 현대화로 치닫고 있는 중국 속에서 개발에 밀려 사라져가고 있는 문화거리. 중국이 중국다움을 버리는 대신에 과연 무엇을 얻을지 알 수 없지만 그때가 되면 또 다른 모습의 대륙을 지금처럼 변함없이 좋아하게 될지 그건 나도 잘 모르겠다.

3부

세상을 돌고 돌아

터키 여행

1.

:::::::: 대한반도 끝자락에 소불알처럼 달랑 매달려 있는 남해 섬 촌놈이 언감생심 꿈에서나 그리던 터키의 이스탄불로 간다. 동서양이 만나는 실크로드의 끝점이며 로마와 그리스의 문화가 공존하는 도시이며 보스포루스 해협 사이로 아시아와 유럽을 함께 안은 채 동로마제국시대에는 콘스탄티노폴리스라 불렸던 오스만제국의 수도.

영광과 오욕을 간직한 그 역사적인 도시에 입성하게 된 인연은 3년 전으로 거슬려 올라가야 한다.

2010년 1월 9일 ~ 12일, 3박4일 동안 아리랑 TV, G - 코리아 프로그램 제작팀에서 촬영한 다큐멘터리가 있다. 내용은 이렇다.

어느 날, 터키 학생 오마루와 아프리카 깜비아 학생 모하메드가 한국의 아름다운 섬, 남해를 찾아와 해오름예술촌 촌장인 나를 만나게 된다. 그리고 남해의 자연 속에서 문화를 접하게 되고, 농어촌 생태체험 등을 통해 한국을 조금씩 알게 된다. 이 과정에서 남해 사람들의 녹색 삶을 그려냄으로써 현 시대의 화두인 녹색성장의 방향을 제시하고, 전 세계에 한국의 자연과 문화를 소개하고자 기획된 작품이었다.

오마루 학생은 청주대학교에서 경제학을 전공한 후 대학원에 재학 중이었는데 한국어가 유창했고 한국의 문화에도 어느 정도 익숙해보였다.

4박5일의 촬영 기간 동안 오마루와 쌓은 우정이 지금까지 계속되어 오마루가 방학 때마다 자기 집에 같이 가자는 초대를 여러 번 했었는데 이제야 함께 가게 된 것이다. 적지 않은 여행경비를 들여 무작정 가는 것이 내키지 않아 그동안 미뤘지만, 이제는 꼭 다녀와야 할 절박한 이유가 생긴 탓이다. 그 절박함이란, 유구한 역사를 가진 전통 터키식 아흐베 커피이브릭 커피와 물 담배, 그리고 커피 점占을 직접 체험하고 벤치마킹하여 국내 커피사업에 활용하고 싶었기 때문이다.

지금 한국은 원두커피에 관한 엄청난 관심의 소용돌이 속에 있다. 빠르고 간편한 일회용 봉지 커피와 자판기 커피에서 진화해 로스팅과 핸드 드립으로 조금은 더 여유롭게 커피를 즐기게 되었지만, 이것에 만족하지 않고 또 다시 새로운 맛을 찾게 될 것이다. 그때 터키 식 아흐베 커피와 커피점占을 통해 커피와 이야기가 어우러질 수 있는 계기가 될 것이라는 생각이 들었다.

공항까지 마중 나온 그를 따라 공항 근처 그의 아버지가 운영하는 레스토랑에서 처음으로 맛보는 터키 전통식사가 끝나고 난 다음, 나는 그가 보여주는 노트북 화면을 보고 잠시 당황할 수밖에 없었다. 내가 도착하기 전에 한국에서 예술 사업가가 온다고 알리고 강의 일정을 인터넷에 올려놓았다며 오늘 저녁에 당장 강의를 해야 한다는 것이다. 사전에 한

마디도 언급하지 않았으니 내가 준비를 했을 리 없고, 아무것도 모르는 상황에서 즉석으로 강의를 한다는 것이 어디 쉬운 일인가.

낯선 이국땅에 도착하자마자 생각지도 않은 일이 일어났지만, 어쨌든 이미 일은 저질러졌고 할 수밖에 없는 상황이라면 열심히 부딪쳐 보고 즐기는 수밖에. 내 인생에 이런 일에 한두 번 일어난 것도 아니며, 그럴 때마다 슬기롭게 잘 헨쳐 나오지 않았던가.

곧 바로 그의 친구 예르담과 함께 강의 장소로 이동했다. 그리고 주제가 어떤 것이면 좋겠는지, 청중은 어떤 분들인지 물어보는 사이 도착한 곳은, 이스탄불에서 국제적인 무역에 관계된 CEO들이 수시로 모여 파티를 하고 여가를 즐기며 사업 이야기를 주고받는, 일종의 황태자 클럽 같은 곳이었다. 골든 홀의 바다가 눈앞에 펼쳐진 전망 좋은 호화 아파트였는데, 응접실과 회의실도 고급스럽게 꾸며져 있었다.

통역은 오마르와 예르담이 같이 맡기로 했으며, 청중은 국제 무역가들과 정부 인사, 박람회 감독관, 그리고 동남아 여러 국가에서 국제무역 분야를 공부하러 온 대학원생들이었다.

정신없이 한 시간 동안 강의를 하고 질문을 받았다. 그리고 강의가 무사히 잘 끝나긴 했는지 박수를 치며 거의 모든 사람들이 개인적으로 사진을 찍자고 한다. 내용이야 어찌되었든 이상스런 의상을 하고 웃는 모습 덕분에 지루하지는 않았던 모양이다.

강의 내용은 국제 무역이건 우주 무역이건, 성공하건 실패하건 즐겨야 한다는 것이었다. 여행하는 기분으로 사람을 만난다는 설렘으로 하다

보면, 성공 여부보다 더 큰 것을 얻을 수 있게 된다는 이야기였다.

아! 이스탄불에 온 첫날밤에, 골든 홀의 야경을 구경하기는커녕 지하 강의실에서 홍역을 치르는 엉뚱한 일을 당한 것이다.

2.

"곤 니치 와 !"

"니하우 마 !" 하며 인사를 하고 나서 답이 없으면 그제야

"안녕하세요." 라는 말이 돌아온다.

일본사람 같기도 하고 중국사람 같기도 하며, 어떨 때는 몽골인 같기도 하고, 의상에 따라 인도인 같기도 한, 국적 불명의 내 모습에 갈팡질팡하는 듯싶다. 그러다가 한국인이라고 하면 대뜸 '오! 코리아 친구'라는 말과 동시에 '강남 스타일'이 나온다.

물건 사러온 손님이라는 것도 잊어버린 듯, 같이 사진부터 찍자고 하면서 이것저것 물어본다. 그 때부터 손님과 주인이 아니라 내 스타일의 어정쩡한 영어로 여행길에서 만난 친구가 되어 버린다. 그리고 터키의 전통차 '짜이'까지 얻어 마셔가면서 즐거운 흥정을 시작한다.

내 몸이 편해서 입긴 하지만 사실 내가 봐도 국적도, 시대도 애매한 이상스런 옷이긴 하다. 거기다가 관우의 수염과 장비의 눈썹을 휘날리며 쌩쌩 달리는 젊지도, 늙지도 않은 이방인이니, 누군들 헷갈리지 않겠는가.

덕분에 프랑스 전철역에서는 빈 라덴으로 오인을 받아 곤욕을 치르기도 했고, 새벽부터 몽마르트 언덕에 이상한 코트를 걸치고 앉아 길고 시커먼 김밥을 입에 넣고 있는 내 모습에 사람들이 질겁하기도 했으니, 새삼 놀라울 것도 없다.

3.

　이스탄불 그랜드 바자르 시장은 커다란 실내시장으로 오천여 개의 점포가 있다. 하루 사십만 명 가까운 관광객이 찾아오는데 세계에서 가장 오래 되었으며 동서양 문물 중에 없는 것이 없는 시장이라고 한다. '이스탄불은 인류 문명의 살아있는 노천박물관'이라고 한 '토인비'의 말이 이 시장 거리에서 충분히 공감이 되는 것 같다.

　나는 각국의 전통시장이나 예술의 거리에 가면 적어도 하루나 이틀 정도 꼬박 시간을 보내며 여행 중에 힐링을 하곤 한다. 그런데 이번엔 나 나름의 여유를 좀 더 갖지 못한 듯해서 안타까운 마음이 든다. 짧은 여정을 아쉬워하며 다시 올 것을 다짐한다.

　나는 전생에 시장바닥을 떠도는 장돌뱅이 신세의 각설이가 아니면, 만행을 즐기는 고독한 방랑자였던 걸까. 생존의 현장인 저자거리에 서면 온갖 소음 속에 누군가의 땀 냄새가 물씬 풍겨난다. 그 순간 머리칼이 곤두서고 온 몸이 투지로 이글거리며, 오래 전부터 늘 그곳에 내가 있었던 것처럼 자연스럽게 현장에 어우러진다.

　중국 사람들과 사업 상담을 할 때면 종종 "당신은 중국말도 제대로 못하면서 우리 중국 사람보다 더 흥정을 잘 하는 것 같소."라는 말을 들을 때가 있다. 그럴 때면 속으로 '이 사람들아, 당신들은 물건을 팔기 위해 안달을 하고 있고, 나는 즐기고 있으니 당신들은 매번 나에게 지게 되어 있는 것이오.'라며 회심의 미소를 지어 보이기도 한다.

　'아무리 천재라도 노력하는 자 이기지 못하고, 아무리 노력해도 즐기는 자 이기지 못한다'는 말도 들어보지 못했소?

시장터에서 천방지축 내 세상인 듯 장돌뱅이 놀이를 하다가, 다시 돌아와 에게 해와 지중해의 에메랄드 바다 빛에 미쳐 배낭을 베고 벌렁 드러누워 본다.

다시 낭만의 방랑자로 돌아가 카파도키아 괴뢰메를 거쳐 콘야의 아피온 요새와 데린구유의 지하도시를 돌아 아스펜도스 대극장에 앉아 본다. 눈을 감고 로마군의 말발굽 소리에 귀를 기울이며 박해받는 기독교인의 아픔을 상상해본다. 역사란 참으로 무상한 것이다.

그리고 꼭 한번 살아보고 싶다는 생각이 들만큼 아름다운 휴양도시, '에게 해의 보석'이라고 부르는 안딸리아로 향했다. 이곳에 잠시 머물렀다가 곧 떠나야 한다는 것이 못내 아쉽기만 하다.

터키어로 '목화의 성'이라는 뜻을 가진 파묵칼레는 세계문화유산으로 지정된 곳으로 세계에서 손꼽힐 정도로 기이한 장관을 보여주고 있다. 예전에는 이곳을 '성스러운 도시'라는 뜻으로 히에라폴리스라 불렀다고 한다. 검투사들의 영혼들이 춤추고 있는 셀축의 대극장을 들러, 그곳에서 그다지 멀리 않은 시린제 마을로 향했다.

시린제마을은 아주 작은 도시로 사과와 포도로 만든 독특한 와인이 유명한 곳이다. 향기로운 와인을 혀끝에 담고 돌아와 마지막으로 이스탄불 보스포러스 해협과 골든 홀의 장엄한 일출 앞에 선다. 전생에 각설이였어도 좋고, 순례자였어도 좋다. 지금 이 순간 나는 그저 행복하기만 할뿐이다.

모두 함께, 나마스테

:::::::: 인도의 수도 델리를 거쳐 북인도의 자이푸르와 아그라, 카주리호, 바리나시를 거쳐 네팔의 포카라와 카타만두를 돌아다니며 사람을 만나면 무조건 합장하고 고개를 숙인다. "나마스테"라고 하면, 상대방도 똑같이 "나마스테na·mas·te"라고 웃으며 인사를 주고받는다.

나중에는 길에서 흔히 만나는 소와 돼지, 심지어는 개와 원숭이에게도 '나마스테'라며 합장을 할 정도다. 정말 신나게 고개 숙이며 합장을 했다. 12억의 인구와, 그 인구보다 더 많은 신을 모신다는, 경이적인 신비의 나라 인도.

'안녕하세요? 반갑습니다. 당신의 신께 인사를 올립니다. 고맙습니다.' '나마스테'란 단어가 내 가슴 속으로 다가왔다. 그리고 나에게는 무슨 뜻이나 '나마스테'로 통했다.

마하마트 간디의 화장장과 추모공원인 라지카트, 연꽃사원이라는 악샤르담, 무굴제국의 승전을 기념하는 구뜹 미나르, 세계7대 불가사의 중 하나인 사랑의 성 타지마할을 돌아보고, 핑크시티와 에로틱 도시 카주

라호를 거쳐 녹야원과 갠지스 강의 일출을 보았다. 세계문화 유산을 세 곳이나 보았음에도 역시 눈으로 보는 경이로움보다 가슴으로 느끼는 것이 더 큰 울림으로 다가온다.

인도는 한 나라이면서도 전혀 다른 250여 가지 언어가 있어서 이정표나 지폐에도 여러 가지 언어로 써놓아야 한다. 그리고 주 경계_{우리의 도 경}계를 넘을 때마다 통과료를 내야 한다.

2시간이면 넉넉히 갈 수 있는 곳인데도 도로 사정으로 인해 9시간 넘게 걸린다고 해도 그들은 '나마스테' 한 마디 속에 모든 것을 녹여내며 불편 없이 살아가고 있는 듯했다.

사원에 들어갈 때마다 소지품을 맡기고 신발을 벗는 불편함을 감수해야 했지만, 맨발로 돌아다니는 그들에게는 그것이 일상이며 당연한 것이리라. 그 일상에서 묻어나는 평안함은 '나마스테'라는 단어와 함께 그들만이 느끼는 신의 조화라는 생각이 들었다.

아무튼 그런 것들은 그들의 삶의 방법이겠지만, 9시간을 달려도 화장실이 하나 없어 노변 방뇨를 해야 할 때는 참담하기만 했다. 당분간 수많은 거지와 쓰레기더미 속에서 온갖 것들과 동행해야 하는 나에게 아직은 동화될 수 없는 불편함이었고 역겨움일 수밖에 없었다.

그나마 그런 것들마저 존경하고 사랑하며 감수할 수 있었던 까닭은 오로지 그들과 소통하는 내면의 통로인 '나마스테'가 있었기 때문이 아닐까.

살아오며 200여회 해외여행을 다녀온 것 같다. 여행을 마치고 인천공항 활주로에 바퀴가 닿는 순간, 정도의 차이는 있었지만, 언제나 나를 전율시키며 깊은 감동으로 터져 나오는 한 마디가 있다. '아! 대한민국!'

크지도 작지도 않으면서, 유난히 덥지도 춥지도 않으면서, 아직 맑은 공기와 물을 가지고 있는 나라, 대한민국의 땅이 그렇게 자랑스럽게, 사랑스럽게 내 앞에 다가오고 있었다. 한순간 여행의 피로가 말끔히 가셔지며 안도의 숨을 절로 내쉬게 된다.

좀 더 가지려고, 좀 더 출세하려고 아귀다툼을 벌이다가 적자생존의 늪에서 허우적거리는 사람들도 많지만, 예나 지금이나 사람 사는 세상이라면 어디서나 일어나고 있는 일들이 아니겠는가. 그래도 아직은 오순도순 정을 나누며, 살갑게 살아가는 이웃이 더 많은 곳, 너의 아픔을 곧 나의 아픔으로 여기며 가슴을 맞대고 살아가는 사람들이 더 많이 사는 나라. 그 어느 곳과도 비교할 수 없는 대한민국 땅과 사람들을 영원토록 사랑하며 껴안고 살아가리라는 다짐을 한다.

그 대한민국의 끝자락에 달랑 매달려 있는 보물섬 남해 땅에서 태어난 내가 이번 여행에서 체험한 사람과 사랑에 관한 이야기를 어떻게 써야 할지 구상을 하는 사이 손바닥에 땀이 절로 밴다.

좀 더 사랑하고, 좀 더 참고, 좀 더 베푸는 한해가 되어, 정성어린 한 올 한 올로 남해 삼베가 만들어지듯 남해 사람 모두 '사·참·베'사랑하고, 참고, 베푸는를 짜는 한해가 되었으면 좋겠다.

이 글을 읽는 모든 사람에게, 나마스테na·mas·te!

미국 서부 여행

여행을 떠나며

:::::::: 별 부담 없이 괴나리봇짐 하나 달랑 둘러메면 쉽게 나설 수 있었다. 부족한 것은 현지에서 다 구해 썼다. 60여개나 되는 나라를 돌면서도 말 그대로 모든 것이 '노 프라블럼'이었다. 단지 여행 보따리에 담는 가장 중요한 품목인 '오픈 마인드'만 잘 챙겨 넣는다면 만사형통이다. 티베트 사람들처럼 '무슨 일이 있어도 다행이다'라고 생각하면 모든 것이 그런대로 다 잘 풀렸다.

그러나 이번 미국여행은 좀 다르게 다가온다. 서너 달 전부터 비행기표를 예약하고, 국제운전면허증을 받고, 비자를 신청하고, 현지 날씨, 시간, 교통, 지리, 문화와 역사 등을 세밀히 연구했으며, 심지어는 입고 갈 의상이며 배낭과 소품, 신발과 목걸이, 팔찌까지도 특별히 준비했다.

게스트 하우스, 민박 등을 철저히 예약했으며 말로만 듣던 비싼 메이커 여행 신발과 배낭까지 구입하는 등 호들갑을 떨었다. 영어공부를 한답시고 한영 · 영한사전을 다시 사고 잘 돌아가지 않는 혓바닥에 기름칠을 하기도 했다.

세계 제1의 강대국, 온갖 인종들이 공존하며 자유다운 자유를 누리는 나라라고 하니 주눅이 든 걸까, 아니며 기죽지 않겠다는 생뚱맞은 오기인 걸까?

사실 지금까지 의도적으로 미국을 여행에서 제외했었다. 여러 가지 이유가 있겠지만 이상하게도 내심 별로 가고 싶지 않은 나라 순위 1번이었다. 인간보다는 돈을 우선으로 하는 극단적인 자본주의라는 선입견과 미국 자체로는 오랜 역사를 갖고 있지 않은 나라라는 것도 한 몫을 했으며, 입국절차가 까다롭다는 것도 불편하게 느껴졌기 때문이다. 이처럼 단순한 편견이 미국여행을 미루게 했다.

그러나 솔직히 말한다면 혼자 대적하기에는 너무 거대하고 강하게 느껴져 겁이 났다는 것이 맞는 표현일 것이다. 이럴 때 남해 사람들은 '새린다'고 말하곤 한다.

그러나 내 여행의 시작은 목적지의 인과관계가 우선이었고 그렇게 시작된 여행은 언제나 즐거웠으며 간직하고 싶은 추억을 남겨 주었다. L.A.에 사는 조카와 몇 몇 인연 있는 사람들이 초청하겠다고 해도 별반 내키지 않아 미루어 왔는데 이제 가도 괜찮겠다는 자신감도 생겼고, 역시 때가 된 것 같았다.

초등학교 시절 흠모했던 손아래 친구가 지금 그곳에서 어떤 모습으로 지내고 있는지도 궁금했다. 인생의 뒤안길에서 잠시나마 그녀가 살아온 삶의 편린 속에 끼어보고 싶기도 했다.

지금은 초로의 늙은이가 되었지만, 내가 만나본 그녀는 여전히 어릴

적 귀여움과 순수함을 고스란히 간직하고 있었다. 어렴풋이 짐작되는, 순탄하지만은 않았던 그녀의 삶에 관해 얘기를 나누며, 반세기 전으로의 시간여행이 될지도 모른다는 설렘과 함께 여행의 실마리를 풀어본다.

'모든 길은 로마로 통한다.'는 말처럼 나의 모든 여행은 사람으로부터 시작해 사람으로 끝난다는 나름대로의 여행 수칙을 되뇌며, 마일리지를 이용한 공짜 비행기 표를 들고 미국행 비행기 트랩을 밟았다.

언제나처럼 모든 일은 사람과의 인연으로 시작된다. 짐칸에 실린 메이커 트렁크 속에는 누군가에게 주려고 준비한 은점 앞바다에서 잡아 말린 메기와 대구, 죽방렴 멸치와 흑마늘 세트, 그리고 파래김이 빼곡히 들어차 있었다. 보물섬 남해의 보물들과 함께 아메리카로 가는 것이다.

'코리아타운에서 만나는 한국 사람들의 입에 죽방렴 멸치를 한 마리씩 물려주면 어떨까?' 같은 희한한 상상을 하며 어깨에 잔뜩 힘을 넣어본다. 이번 여행도 여느 여행처럼 분명히 멋지고 행복하리라. 노새를 거꾸로 타고 히죽거리며 광야를 달리는 돈키호테가 되어, 누구를 만나든 어떤 일과 부딪히든, 좋은 인연을 만들어 좋은 추억으로 남기리라.

로스엔젤레스

장장 13시간여의 비행 끝에 차창 밖으로 내려다보는 로스앤젤레스Los Angeles는 말 그대로 한 폭의 그림이었다. 다운타운의 고층 빌딩지역과 외곽의 주택지가 조화를 이루고 있으며 바둑판처럼 짜인 도로구획마다 지붕 색깔과 모양이 닮아 있었다. 미국은 자유분방한 줄만 알았는데, 공동의 목적을 위해서는 지극히 정제되고 계산된 사회라는 것을 어렴풋이 느낄 수 있었다.

마중 나온 초등학교 시절 친구의 자동차를 타고 도착한 곳은 코리아타운 중심지에 있는 숙소였다. 여장을 풀어놓고 밖으로 나온 내 눈에 보이는 것은 한글로 된 간판들이었으며 한국말을 하는 한국 사람들뿐이었다.

내가 진짜 미국에 온 것일까? 미국사람 만나면 한 마디 해보려고 오기 전에 열심히 영어회화 공부를 했는데 미국사람은 하나도 보이지 않으니 한편으로는 섭섭하기도 하다.

이렇게 한국보다 더 한국적인 코리아타운에서 낯선 미국여행 첫날을 맞이했다. 떠날 때 여행계획을 짜고 예약을 하고 오는 것이 아니라, 일단 도착해서 현지 사정과 현지인의 의견을 수렴하여 여행을 시작하는 평소 습관대로 다음날 여행 전문기관을 찾았다. 찾아간 곳은 규모가 크고 오래 되었다는 아주여행사였다.

그런데 정말 운 좋게도 처음 만난 여행사 박평식 회장은 30년째 관광 회사를 운영하고 있는 분이었다. 남해 창선 진동리 사람으로 남자 형제만 일곱 중의 맏이이며, 같이 근무하는 동생 세 명은 모두 창선고등학교 출신 내 제자였다.

이렇게 기이한 인연은 그 뒤에도 계속되었다. 성공한 남해 사람을 여러 사람 만나게 되었는데, 세계 곳곳에서 제 몫을 다하며 살아가고 있어서 같은 남해 사람으로서 긍지를 느끼지 않을 수 없었다.

자문을 받아 일단 시차 적응 겸 일주일간 L. A. 주변을 혼자 탐문하고, 이어서 여행사에서 제공하는 서부대륙과 멕시코 패키지여행을 마치기로 했다. 그리고 여행사가 가지 않는 곳은 다시 혼자 찾아가기로 결정하고 도시 주변 명소를 찾기 시작했다. 패키지여행은 짧은 시간에 최소의 비용으로 많은 곳을 둘러 볼 수 있다는 것과 여행길에 좋은 인연을 만들 수 있다는 장점이 있다.

할리우드, 가슴 설레며 찾아간 그곳은 건물, 도로, 가게, 식당 등 어느 곳도 다 그저 평범해보였다. 티비에서 환상적으로 보았던 유명 배우 족적과 사인은 광장 한 귀퉁이 좁은 시멘트바닥 위에 찍혀 있었고, 스타들의 이름이 쓰인 별들은 거리 보도블록 위에 있는 한 점 무늬에 불과했다.

유니버설시티, 산타모니카의 66번 도로와 3번가THIRD ST. 베니스 해변, 올베라 거리, 리틀 도쿄, 차이나타운도 거의 비슷한 수준으로 보였다. 별로 특별한 것도 없어 보이는 이곳에 많은 관광객들이 찾아와 돈을 뿌리고 가는 이유는 뭘까.

그것은 거창하고 화려한 건물들이 아니라 그곳을 사랑하며 가꾸는 사람들과 새로운 역사를 만들어가는 분위기 때문이었다. 추억을 되새기는 즐거움을 모두에게 안겨주며, 자신들도 함께 행복해 하는 축제

장인 것이다.

진짜와 똑같이 생긴 채플린과 캐리비안의 해적 잭 스패로우, 람보를 만나고 찰리와 초콜릿 공장의 조니 뎁과 사진을 찍으며 거리의 악사들과 어울려 한판 춤을 출 수 있는 신명나는 거리. 그것이 바로 사람들을 이곳으로 이끌고, 다시 찾아오게 만드는 마약이었던 거다.

웅장하고 거창하게 건물만 지어놓고 추억도 행복도 주지 못하는 우리네 관광 현실을 생각하니 안타까운 마음만 들었다. 그 곳에서만 볼 수 있는 기념품을 한 보따리 사들고 미국 안에 있는 한국, 코리아타운으로 돌아왔다.

당장이 아니더라도, 내년이 아니더라도, 멀리 바라보며 우리에게 어울리는 역사를 찾아내고 정리해 그에 걸맞은 이야기를 만들자. 천혜의 자연과 더불어 작은 식당 하나라도 정성껏 가꾸다보면 언젠가는 천만 세계인이 찾아오는 관광천국 남해가 되지 않을까. 이런 생각 속에 잠을 청했다.

산타페

새벽 5시, L.A.에서 10번 횡단도로를 따라 뉴멕시코 산타페까지 약 12시간 거리를 자동차로 함께 가기로 한 친구가 갑작스런 감기몸살로 같이 갈 수 없다는 전화였다.

부랴부랴 항공, 열차, 버스 편을 수소문해보았지만 일정상 비행기를 이용할 수밖에 없었다. 아주관광의 문이 열리자마자 제자에게 표를 부탁했다. 2주쯤 전에 예약하는 것보다 당일 표는 무려 두 배 가까이 비싼 요금을 지불할 수밖에 없지만, 올 때부터 꼭 가기로 마음먹은 곳이라 포기할 수 없었다.

뉴멕시코 주 주도로 로키 산맥의 끝자락에 있는 미국에서 가장 역사적이고 아름다운 예술의 도시. 흙과 나무로 지어진 독특한 어도비 건축양식과 인구 절반이 예술가라는 곳. 인디언과 스페인, 멕시코와 백인 문화가 어우러져 미국의 대표적인 예술도시로 각광받으며 많은 예술가들의 로망인 이 도시를 놓칠 수는 없었다.

어렵게 구한 항공편으로 알바커키 공항에 도착해 여느 여행지에서와 마찬가지로 제일 먼저 관광 안내소를 찾았다. 안내소에 근무하는 분은 백발이 성성한 할머니였다. 어릴 때 핀란드에서 이민을 왔다고 하는데, 길을 묻는 나를 붙잡더니 자기를 따라 오란다. 할머니는 산타페 전문 관광 담당관이 있는 부스까지 직접 데려다주고, 좋은 여행이 되라는 말을 남기고 돌아갔다.

담당관이 영어를 할 줄 아느냐고 묻기에 손가락으로 조금 한다고 하니 컴퓨터를 보란다. 컴퓨터에서는 알고자 하는 정보가 한국어로 통역되어 나오고 있었다. 내가 셔틀버스로 가고 싶으며 호텔은 현지에서 직접 구하겠다고 하니 버스 기사가 데리러 올 테니 조금 기다리라고 한다.

기사가 오더니 나를 미니버스로 데리고 갔다. 이미 타고 있는 네 쌍의 부부들과 함께 출발했는데, 혼자 여행하는 덕분에 맨 앞자리에 있는 1인석을 차지하고 앉아 전경을 제대로 볼 수 있는 행운을 잡았다.

한 시간 정도 타고 온 버스에서 내려 잠깐 숨을 고르고 호텔부터 정하기로 하고 바로 옆에 있는 기념품 가게로 들어 갔다.

호텔을 소개해 달라는 말을 듣고 이 아가씨는 일일이 약도를 상세하게 그려주고 난 후에 문밖에 나와 방향까지 가르쳐 주었다. 약도대로 찾아간 호텔 로비에서 직원에게 숙박료를 물으니 일일 숙박료가 258불이라고 하기에 나는 돈이 많이 없어 좀 더 싼 방을 얻고 싶다 했더니, 상세한 관광지도를 가지고 나와 몇 개의 호텔을 색칠해가며 안내를 해주었다.

안내도를 가지고 처음 간 곳도 역시 조건이 맞지 않았다. 약 70불 정도의 호텔을 구한다고 하니, 또 자기를 따라 오란다

찾아간 곳은 그레이트 디저트 인으로 숙박료 62불에 커피 음료수 무한 리필, 방도 깨끗하고 건물도 아름답다.

배낭을 내려놓고 침대에 누워 천정을 바라보았다. 아! 이렇게 친절하고 아름다운 사람들이 사는 도시가 이 세상 아래 있다는 말인가. 그들에게 친절은 억지가 아니라 삶, 그 자체 라 느껴졌으며 기쁨이었고 즐거움의 예술 같았다.

공항에서 여기까지 오면서 만난 모든 사람들이 짧은 내 영어 실력을 끝까지 이해하려고 애쓰며 안내를 해주고 친절하게 대해준 걸 생각하면, 그들이 모두 진정한 삶의 예술가들이라 느껴졌다.

하루 머물기로 한 여정을 이들의 문화와 예술, 사람 향기에 빠져 무려 사흘이나 머물게 되었다. 나무보다 높은 집이 없고 건물색이 땅 색깔과 같으니 언덕에 올라가도 도시가 보이지 않는 사막 한가운데 있는 고독한 도시.

산타페 언덕의 십자가 앞에서 석양 아래 깔린 도시를 내려다본다. 여류화가 조지아 오키트의 미술관에서도 경험하지 못한 장관이다. 산타페는 있으나 보이지 않는 꿈속의 도시로 기억하리라. 예술과 사람 향기가 함께 하는 놀라운 친절, 과연 우리는 이 사람들의 친절을 얼마나 따라갈 수 있을까, 생각하며 다시 알바커키 올드 타운을 향해 배낭을 멘다.

그랜드 캐니언

불과 한 달 남짓한 짧은 여행기간 동안 거대한 미국을 안다는 것은 코끼리 발가락을 만지는 정도에도 못 미치겠지만, 역시 미국은 세계 최강이 될 수밖에 없는 충분한 자질을 갖춘 나라이며, 그것은 오래 동안 지켜질 것이라는 확신이 절로 들었다.

중국이 얼마 지나지 않아 G1이 되리라는 예측들도 하고 있지만, 그것은 외형상의 평가일 뿐 어려울 것이라는 생각이 든다. 단순히 수치상으로 나오는 경제력이나 군사력 같은 물질적인 판단이 아니라, 대다수의 보통사람들이 살아가는 삶의 방식에서 충분히 읽을 수 있었다.

나의 눈에 비친 미국은, 자타가 인정하는 자유의 나라가 아니라 철저히 통제되고, 일사불란한 규범 속에서 유지되는 사회였다. 자신의 자유를 보호받기 위해서는 철저히 타인의 자유가 우선시 되어야 하며, 법을 지키지 않고서는 자신의 어떤 것도 지킬 수 없는 엄격한 규율 속에서 살아가고 있었다.

그러한 통제를 정당한 일상의 관습으로 느끼며 자신의 자유를 침해받지 않기 위해 남을 위한 배려와, 보는 이 없고 간섭하는 사람이 없어도 철저한 자기 관리와 준법정신으로 아름답고 자유로운 삶을 여유롭게 즐기며 살아가는 매력 있는 나라였다.

우리가 어려워서 쉽게 하지 못하는 그 말들을 그들은 하루에도 수없이 내쏟고 있었다. '굿모닝', '땡큐', '쏘리', '유어 웰컴', '헤브 어 굿 데이'… '안녕하세요', '감사합니다', '미안합니다', '괜찮습니다', '좋은 날 되십시오'.

그들은 지극히 단순했다. 예스 아니면 노, 고 아니면 스톱이었다. 할까 말까는 없었다. 그러나 확실한 사고와 명백한 자기주장을 내세우기 전에 타인의 주장에 귀 기울여주는 배려가 우선시 됐다. 관용과 배려, 이것이 바로 미국을 진정한 강대국으로 만들고 있는 뿌리였다. 캘리포니아, 유타, 네바다, 아리조나, 뉴 멕시코 주를 돌아보며 인디언 나바호족들이 달리던 그 황량한 사막 속에서 억척스런 개척자 정신으로 기적의 도시를 만들고, 비록 길지 않은 역사이지만 아끼고 가꾸며, 자부심과 긍지로 새로운 역사를 만들고 있는 그들을 보았다.

그릇된 편견과 그 알량한 자부심으로 좀 더 일찍 와서 이 나라를 배우지 못한 후회스러움이 엄습해 왔다.경비행기를 타고 내려다 본 그랜드 캐니언의 장엄함에 눈시울을 붉혔으며, 브라이스 캐니언의 황홀한 아름다움과, 자이언 캐니언의 스토리에 흠뻑 빠져들었다. 자연의 경이로움에 감동하며 그 위대한 자연을 훼손하지 않고, 있는 그대로 영원히 후손들에게 물려주기 위해 그들이 얼마나 노력하고 있는지 잘 알 수 있었다.

극히 제한된 산책로, 인간들이 밟을 수 있는 최소한으로 절제된 공간, 적재적소에 자연과 동화되는 작은 시설물들만을 배치해놓은 것을 보며 입이 다물어지지 않았다. 그 하나 하나가 그들이 얼마나 미래를 생각하며 자연을 사랑하는지, 행동으로 보여주고 있었다. 그들은 그곳에 아름다운 이야기들을 덧붙여, 찾아오는 사람들이 치유가 될 수 있도록 해주었으며, 오래도록 추억으로 남게 해주었다.

역사는 긴 것만이 자랑이 아니다. 그 역사를 소중히 지키고 가꾸어 후손들 역시 그 긍지를 간직하고 느낄 수 있게 해주어야 한다. 유관순 누나가 천안 삼거리에서 대한 독립 만세를 외칠 때, 이들은 그랜드 캐니언을 국립공원으로 지정하고 있었다. 그들은 그랜드 캐니언을 찾는 모든 사람들에게 이렇게 말하고 있다. "그랜드 캐니언이 내려다보이는 언덕에 앉아 아무 말도, 아무런 생각도 하지 말고 그냥 5분만 가만히 앉아 있다가 가라. 그리곤 돌멩이 하나에 미운 사람, 증오하는 사람의 이름을 적어 저 깊은 계곡에 던지고 가라. 그 빈자리에 사랑해야할 사람, 고마워해야 할 사람으로 채우고 가라."고 말이다.

올드 타운

샌디에이고 올드타운, 덴마크 마을 쏠뱅, 멕시코 마을 오베라, 산타페의 캐니언 로드, 앨버커키의 올드타운, 서부민속촌 캘리코… 참으로 아름답고 환상적인 마을이고 거리였으며 그림 같은 집들이었다.

거리의 곳곳에는 예술 조각품이 진열되어 있고 악기 통을 앞에 둔 거리의 악사들이 노래하고 있었으며 지나간 유물들을 곳곳마다 두고 역사가 깃든 곳임을 강조하고 있었다.

그러나 자세히 들여다보면 한결같이 관광객을 유혹하는 쇼핑타운이다. 천편일률적으로 80%이상이 기념품과 예술품을 파는 화랑이며 15% 정도가 레스토랑과 카페로 구성되어 철저히 관광수입을 올리는 커다란 쇼핑센터라고 해도 과언이 아니다.

그들은 장사를 장사같이 하지 않고 문화와 역사, 예술까지 동원하여 관광객들로 하여금 물건을 사는 것이 아니라 예술행위를 하는 것으로 착각하게 하고 즐겁게 해준다.

거리 중간에는 작고 아름다운 작은 공원을 만들어 쇼핑하다 지치면 충분히 쉴 수 있게 꾸며놓고 음악과 볼거리를 제공한다. 쉽게 떠날 수 없도록 하겠다는 전략이다. 원주민 인디언들에게는 적절한 공간을 제공하고 자신들이 직접 만든 수공예 기념품을 팔 수 있게 해준다.

그렇게 해서 관광객마저 역사 속으로 끌어들이고 있다. 관광객들이 사는 것은 단순한 기념품이 아니라, 역사와 디자인과 친절로 반죽하여 스토리텔링 된 예술품인 것이다. 보너스로 추억과 친절까지 듬뿍 담겨져 있는 비닐봉지를 든 사람들은 마냥 행복할 뿐이다.

힐링이 되는 쇼핑, 그것은 그냥 스쳐지나가는 것이 아니라 돈을 쓰며 행복하게 머물다가 소중한 기억을 담아가고, 다시 또 찾아오게 하는 미국 관광의 원천이며 고소득 관광 수입을 창출하는 기본이다.

발길을 돌려 찾은 곳은, 오기 전부터 꼭 보고 싶었던 프리 마켓, 또는 선데이 마켓이라 부르는 주말 벼룩시장이다. 독일에 갔을 때 거리에서 열리는 벼룩시장을 몇 군데 돌아본 적이 있지만 여기는 차원이 달랐다. 거리가 아니라 고등학교 교정에서 열리고 있었는데, 저렴한 가격과 엄청난 물량, 그리고 별별 종류의 물건들로 종일 봐도 다 보지 못할 만큼 구경거리가 많았다.

심지어는 추억 속의 개인사진들과 이미 사용된 엽서들까지 산더미로 쌓아놓고 파는 곳도 있었다. 누렇게 변색된 남의 사진들과 남들끼리 주고받은 빛바랜 엽서들을 사는 희한한 사람들이 사는 곳이 미국인가 보다.

시장 중앙에 무대가 있어서 사람들은 물건을 사고파는 것과는 상관없이 커피와 햄버거를 먹고 연주를 들으며 주말 하루를 즐기고 있었다. 언제 어디서나 삶을 즐기고 있는 이들을 보며, 각박하게 돌아치며 허우적거리는 우리네 삶을 비교해보지 않을 수가 없다.

그런데 이 벼룩시장의 운영 방법이 너무나 재미있고 색달랐으며 충분히 벤치마킹할 가치가 있어보였다. 물건을 팔려고 온 사람들은 당연히 약간의 사용료를 내야 하지만, 사러온 사람까지도 입장료를 내고 있었다.

1달러의 입장료를 내고 나면 팔목에 파란 잉크 도장을 찍어 주고 빨간 딱지를 찢어 유리통 안에 넣는다. 그런데 이러한 일을, 하루를 시장으로 사용할 수 있게 해준 학교 학생들이 봉사로 하고 있었다. 수익금이 학생들의 예술활동이나 기타 후원금으로 쓰인다고 하니, 물건을 사러 가며 입장료를 내야 하는 당황함보다는 오히려 후원금을 낸다는 생각에 작은 희열까지 맛볼 수 있었다.

하루 세끼 밥을 먹을 때마다 팁, 잠을 자고나도 팁, 주차를 해도 파킹 팁……. 돈을 쓰지 않고는 못 배기게 하는 나라가 미국이며 기분 좋게 돈을 받아내는 나라 또한 미국이다.

음식을 날라준 아가씨가 희한한 모습을 한 이국의 나그네에게 연신 맛이 어떠냐고 묻는다. 당신이 가져다 준 음식 맛이 최고사실 무슨 맛인지도 몰랐음라며 엄지를 척 올려준다. 그때마다 그녀가 만족해하며 환히 미소 짓는 걸 보며 20% 팁을 받을 만큼 그녀의 서비스가 충분히 가치가 있다는 생각이 절로 들었다. 무엇을 어디서 하던지 자기가 하는 일을 즐기며 만족하는 사람들이 내가 본 미국 사람들이었다.

멕시코

데킬라와 함께 하는 태양의 나라, 멕시코로 간다. L.A. 시내를 벗어나 고속도로에 들어서는 순간, 녹색 이정표 간판에 선명하게 적혀진 글씨를 보는 순간 가슴이 울렁거린다. 'DO SAN AN CHANG HO RD', 이 길은 글자 그대로 '도산 안창호의 길'이다. '도산 우체국'에 도산 선생의 동상까지 세워 놓고 역사 속의 영웅을 존경하는 미국 사람들 앞에서 고개가 절로 숙여진다.

우리는 그 분에 대해 얼마나 잘 알고 있는 걸까? 안중근 의사를 병 고치는 의사쯤으로 알고 있는 우리 역사의식을 생각하니 가슴이 답답하다.

미국의 태평양 연안 최남단의 샌디에이고를 향해 펼쳐진 18차선 고속도로를 달린다. 인천 상륙작전과 노르망디 상륙작전을 주도했던 최강 부대가 실제로 훈련하는 모습을 차창 너머로 보며 드디어 샌디에이고 올드 타운에 도착했다.

그들은 새로운 도시가 필요하면 구 도시를 철거하고 뉴 타운을 만드는 것이 아니라, 역사가 살아있는 구 도시는 올드 타운으로 그대로 보존해 유명 관광지로 탈바꿈시켜 놓는다. 낡으면 무조건 없애고 다시 짓는 우리네 현실과 비교해보면 달라도 한참 달라 그저 부럽기만 하다.

오십여 척의 군함이 위용을 떨치며 정박해있고, 그 옆에 요트들이 함께 어우러져 있다. 아름다운 샌디에이고 해안을 감상하며 관광 크루즈 선내 레스토랑에서 커피 한 잔으로 숨을 고르고, 멕시코 국경을 향해 다시 바쁜 걸음을 재촉한다.

간단한 수속으로 국경을 통과하고 마주친 첫 동네, 티파니 풍물거리. 아! 방금 타임머신을 타고 40년을 되돌아온 기분이다. 정돈되지 않은 주변 풍경과 인디언, 멕시칸 전통공예품, 의류, 보석과 은제품들을 팔고 있는 풍물거리는 그야말로 떠들썩한 호객 행위와 흥정으로 시끌벅적하다.

이런 분위기에 익숙한 나에게는 절호의 찬스가 아닌가. 에누리가 심하다는 사전 정보에 따라 흥정에 들어갔다. 오랜 시간 동안 흥정을 하면서도 이 사람들은 악착스레 팔기 위해 안달을 하는 것이 아니라 무슨 게임을 하는 것처럼 즐기고 있다. 나도 덩달아서 즐긴다. 짧고 검은 수염을 한 멕시칸과 길고 흰 수염을 한 코리언이 상인과 고객이 아니라, 함께 게임을 즐기는 친구가 된 것이다.

거의 80%를 에누리해 180불에 낙찰된 팔찌 네 개를 포장하면서 그는 나의 손을 잡고 흔들며 '판초'개구장이 친구를 연발한다. 참 즐겁고 행복하다. 그래서 여행은 낯선 땅에서 낯선 사람을 만나 행복해지는 삶의 윤활유라 했던가.

잠시나마 정들었던 티파니를 뒤로 하고 멕시코의 미항, 엔세네다로 향하는 길목이다. 태평양 연안을 따라 영화 타이타닉의 촬영지를 들러, 채색된 예수상으로는 세상에서 제일 크다는 성상을 감상한 후 도착한 곳은 유명 관광지 엔세네다.

멕시코 전통음식인 '타코'를 전문으로 하는 포장마차가 눈에 띈다. 음식 만드는 사람은 불결한 돈을 만지지 않는다며, 돈 받는 사람은 아예 조금 떨어진 전봇대 밑에서 돈 통만 들고 앉아 있다.

밤늦게 열려 있는 가게를 기웃거리며 돌아다니는, 이상해 보이는 이방인 나그네를 보고, 노상카페에 앉아 커피를 마시던 처녀들이 내게도 커피를 한 잔 사준다.

커피를 한 잔 얻어 마시자 기분이 황홀하다. 그 기분으로 4인조 밴드 음악에 맞춰 신나게 춤추고 있는 패거리들과 길에서 어울렸다. 늦은 밤 만리 타향 멕시코의 길거리에서 데킬라를 마시며 낯선 사람들과 함께 어울려 막춤을 추고 있는 이 자유, 이 환희, 행복에 젖은 등어리에 땀이 흐른다.

양국이 합의하여 설치해놓은 철책 뒤에 다시 미국 쪽에서 설치했다는, 태평양 연안에서 대서양까지 직선으로 쳐진 이중 철조망 옆을 지나며, 세상 어디에도 있는 갈등과 불신의 현실을 마음 아파하면서, 다시 국경선을 향해 내키지 않는 발걸음을 내딛는다.

가느다란 선을 하나 그어놓고 바닥이 흰 쪽은 미국이요, 바닥이 붉은 쪽은 멕시코라고 하는 아이러니에 살풋 장난기가 발동해 몇 번이나 두 나라를 왔다 갔다 하며 뜀뛰기를 해본다.

에필로그

시간도 더디게 흐른다는 미 서부 대륙과 정열의 땅 멕시코 귀퉁이를 조금 기웃거리다가 겨우 발가락만 보고 얼굴은 보지도 못한 채 아쉽게 돌아왔다.

비록 한강변에 있는 한 줌 모래알만큼이나 적은 부분일지 몰라도 나는 그들의 문화와 예술, 그리고 경이로운 자연과 역사를 보았다. 그리고 세계 제일의 나라를 만들고, 거기 살고 있는 사람들의 자긍심을 느낄 수 있었다. 하버드와 어깨를 겨루는 스탠포드 대학 구내에서 본 학생들을 통해 미국의 미래를 엿볼 수 있었던 것은 이번 여행에서 얻은 또 하나의 수확이었다.

무엇보다 엄청난 예산을 들여 새로 개발하지 않아도 그들은 이미 있던 것을 스스로 꾸미고 가꾸며 이야기와 함께 자신들이 먼저 즐기면서, 행복한 추억과 함께 자연스럽게 지갑을 열게 하는 그들의 모습을 보며, 아귀다툼으로 관광객 유치나 수입에 목줄을 메는 우리의 관광 현실을 생각하며 가슴 아파 하기도 했다.

베풀기만 하면 자동적으로 오는 것인데, 베풀 생각은 없이 받을 것만 생각하는 사람들에게 누가 지갑을 열려고 하겠는가.

그들의 역사 속에 배여 있는, 우리도 잊고 있었던 한 맺힌 대한독립운동의 투쟁 역사와 이백만 재미 동포들이 살아온 삶의 애환과 고통의 과거를 냄새나마 맡을 수 있었던 것은, 안일한 내 인생을 돌아보며 다시 한 번 고개 숙이게 하는 학습장이 되었다.

떠나기 전, 치안부재로 도둑이 많아 위험하다고 만류하던 이야기와는 달리 내가 본 멕시코의 사막들과 태평양은 너무나 맑고 정겨웠다. '어이, 빈 라덴 한국 친구'라고 부르며 같이 사진 찍자고 하는 그들의 개구쟁이스런 모습과 친절에서, 오히려 어릴 적 친구의 정을 느낄 수 있었던 것은 나의 여행수칙 '오픈 마인드'에서 오는 것만은 아니리라.

가진 것은 없어도, 있는 그대로의 삶과 인생을 즐길 줄 아는 멕시칸만의 긍정적인 혈통과, 그들이 그토록 사랑하고 아끼는 데킬라와 춤과 노래 속에서 자연스럽게 배여 나오는 것 같았다.

비우기 위해서 떠난다는 여행이 오히려 꽉 찬 채움으로 돌아왔다.

여행은 힐링이고 쉼표라고들 하는데 나에게 이번 여행은 배움과 역사의 만남이었다, 이제부터 해야 할 일들을 배낭 가득히 담아 오기만 했다. 영감과 경이로움을 통해 또다시 내 인생을 담금질 할 불쏘시개를 가져온 것이다.

그리고 그동안 모르고 있었던 '장인환', '전명운' 두 의사義士의 성함을 여기서 비로소 접하고, 참으로 낯이 뜨거워졌다.

1908년 일본은 통감부의 외교고문이자 일본의 앞잡이였던 미국인 스티븐슨을 미국으로 파견했다. 일본의 조선 지배가 정당하다고 기자회견을 해서 그 당시 미국에서 들끓고 있던 반일감정을 잠재우려고 한 것이다.

스티븐슨은 '한국 국민은 일본의 보호정치를 환영한다.'는 등의 망언을 일삼았고, 이와 같은 스티븐스의 친일적 망언이 각 신문에 보도되자, 이에 격분한 한국교민대표들이 매국적 발언을 항의하며 해명을 촉구했다.

그러나 스티븐슨은 '한국에는 이완용 같은 충신이 있고 이토伊藤博文 같은 통감이 있어 행복하다. 한국 국민은 우매하여 독립할 자격이 없다'며 망언을 멈추지 않았다.

'장인환', '전명운' 의사 두 분은 샌프란시스코 항구에서 그를 저격하기로 계획하였고, 먼저 전명운 의사가 권총으로 저격하였으나 불발로 실패, 그 뒤 장인환 의사가 스티븐스를 사살하였다.

장인환 의사는 스티븐스를 쏘고 나서 "나는 대한 국민의 이름으로 스티븐스를 쏘았다. 그는 보호조약을 강제로 맺게 함으로써 나의 강토를 빼앗았고, 나의 종족을 학살하였기에 이를 통분히 여겨 그를 쏜 것이다." 라고 선언하였다고 한다.

그 역사적 현장을 보고 돌아오는 버스 안에서 다함께 삼일절 노래를 불렀다. 그러나 나는 가사를 제대로 몰라 입안으로 노래를 우물거리기만 해야 했다. 그리고 노래를 제창하며 나라 일을 보는 고국의 국가 공무원 시험에 국사 과목이 없다는 말을 듣고 너무나 놀랐다는 가이드의 말에 또 한 번 부끄러움을 감출 수가 없었다.

택시 한 대로 관광 사업을 시작해 삼십 년이 지난 오늘, 미주 최대의 여행사로 만들어 놓은 로스엔젤리스 한인타운의 아주관광 박평식 회장은 이렇게 말했다.

"가이드란 단순히 관광을 안내하는 역할만이 아니라 여행에서 얻는 감동을 조율하며 그 크기를 결정하는 사람입니다. 또한 상식에서 오는 박식한 지식은 자연의 풍광을 더욱 생생하게 만드는 조연 역할을 하는 것입니다.”

그는 주의의 만류에도 아랑곳하지 않고 초로의 나이임에도 불구하고 지금도 배낭을 메고 전 세계 관광 가이드로 활동을 하고 있었다. 그를 보며 여행과 일의 즐거움이 어떤 것인지 새삼 또 느낄 수 있었다.

곁에서 보살펴준 친구 수례와, 코리아타운 교민들, 그리고 미국 서부 대륙을 여행하며 우리의 역사의식을 일깨워준 아주여행사 정동건 가이드님 -그는 내가 지금까지 만났던 가이드 중 가장 열정적이었다.- 그 분과 같이 일하는 창선고등학교 제자들에게 진심으로 감사드린다.

가슴이 떨리는 감동을 느낄 수 있고, 힘없는 다리가 떨리지 않는 그날까지 나의 여행은 계속될 것이다.

4부

참 좋은 사람들

문제아 선생과의 이별

:::::::: 부산에서 건축업을 실패하고 고향 남해로 들어와 고등학교에서 교편생활을 시작한지 어언 이십오 년이었다. 꿈같은 청춘을 꿈꾸는 젊은이들과 같이 뒹굴며 지낸 셈이었다.

학교생활에서 열등생이라고 소외받고 문제아로 분류되어 더 문제아가 될 수 있는 학생들과 함께 도자기를 만들고 장승을 깎으며 어울렸다. 오로지 수능 점수만을 위해 밤낮으로 시달리며 보충수업과 자율학습에 숨이 막힐 것 같은 문제아 아닌 문제아들을 나의 애마 코란도에 태우고 함께 지리산에 기기도 했다. 천황봉에 올라 울분을 토하며 고즈넉한 산사에서 밤을 새우며 같이 호연지기를 키워 나갔다.

누가 뭐라고 해도 나는 나였고 타협을 모르는 채 무소의 뿔처럼 혼자서 달렸다. 그런데 언제부터인지 재미있기만 했던 교사로서의 역할에 점차 흥미를 잃기 시작했다. 이십오 년이라는 세월이 너무 길었다는 생각이 들었다.

선생이란 직업을 재미로 하느냐며 반문할 수도 있겠지만, 아직도 나는 재미있는 일만 하고 재미없는 일은 하지 않는다는 신조를 갖고 있다.

재미없는 일을 억지로 하면서 에너지와 시간을 낭비할 필요가 없지 않은가. 어쩔 수없이 해야 하는 일이라 하더라도 먼저 그 안에서 재미를 느낄 거리를 찾아야 하고, 재미가 붙어야만 일이 제대로 이루어질 수 있다.

재미없는 일을 마지못해 하다보면 서로 피곤해질 뿐만 아니라 새롭게 도전하고 창조할 의지를 잃게 되니 금쪽같은 시간을 낭비하는 일이다.

'아무리 천재라 하더라도 노력하는 자를 이기지 못하고, 아무리 노력을 해도 즐기는 자를 이기지는 못 한다.'

그렇게 재미있던 문제 선생 노릇도, F학점 선생 노릇도 싫어지고 학교라는 울타리가 나를 압박하는 듯한 느낌이 들었다. 그리고 더 늦기 전에 더 넓은 세상으로 나가야 된다는 강박감으로 밤잠을 설쳤다. 떠나자. 마음을 먹었으면 떠나야 하는 것이니 좋은 인연을 기다려보자.

지금까지 내 삶에 변화를 시도하려고 할 때마다 새로운 일에 도전할 수 있도록 이끌어 줄 전령사가 늘 나타나곤 했다. 그리고 그렇게 시작된 일들은 항상 신명이 나고 재미있었다.

저 넓은 중국대륙을 혼자 돌아다니다가 인적 없는 황하강 상류에서 길을 잃고 헤맬 때도 나를 이끌어 줄 사람이 나타나 주었다. 내가 간절히 원할 때면 언제나 돈도, 사람도 나타나 주었다.

그래, 인생 제3막을 준비하며 차분히 기다리기로 하자. 언제나 그랬듯이 애써 찾아가 억지로 떼를 쓰는 것 보다 스스로 찾아오는 좋은 인연을 기다려 보자.

찾아온 인연

::::::: 1999년 1월, 김두관 군수가 남해신문 사장으로 있던 시절부터 그와 같이 신문사 일을 도맡아 해오며 오른 팔 역할을 해왔던 한관호 남해신문 편집국장이 나를 찾아왔다.

그는 기자시절부터 현장을 뛰다가 힘들고 지칠 때면 가끔씩 나를 찾아와 남해 문화와 관광에 대한 비전을 중심으로 환담을 나누곤 했었다.

"선생님 배가 고파 죽것십니다. 라면 한 그릇 끼리 주시다."하며 한 국장은 라면을 먹고 나더니,

"언자 배가 부리니 한심 자고 갈랍니다."하며 방바닥에 누워 한숨 푹 자고 일어났다. 그리고 대수롭지 않게 한 마디를 덧붙였다.

"선셍님, 지금 군수의 남해군 발전 장기 전략은 서부를 스포츠 메카로 동부는 문화예술의 도시로 만들어 스포츠와 문화예술을 접목해 고부가 가치를 창출할 수 있는 대한민국 관광 일번지로 만들어 갈 계획인 것 같습니다."

한 국장의 말을 듣는 순간 뇌성벽력이 내 고막을 때리고, 시야가 확

열리는 것 같았다.

"… 그런데 스포츠 분야는 민간인 파트너가 있어서 조언을 받아가며 남해 스포츠파크를 만들어가고 있는 중인데, 문화예술 분야는 아직 초석을 놓을 인물이나 프로젝트가 떠오르지 않는 모양입니다. 선생님이 한번 해보면 안 되겠습니까?"

"내가 내일부로 선생 그만두고 그거 해보께."

그때 내 나이 53세, 나이가 들만큼 들었는데도 그렇게 무모했다. 문화예술을 접목한 환경친화적인 관광산업에 나 역시 관심을 갖고 있었던 터라 귀가 솔깃했다.

마침 대한민국은 새로운 밀레니엄 21세기를 선도해 나갈 굴뚝 없는 관광산업이 뉴스의 초점이었다. 남해는 창선 연륙교 준공이 머지않았고 남해대교와 창선 연륙교를 통해 밀려들어올 관광객들의 수요를 감당할 관광 인프라를 생각하고 있을 때였다. 참으로 적절한 시기였다.

언제나 그렇게 즉흥적으로 결정을 하곤 했지만, 다 재미있는 일이었으며 후회할 필요가 없었다. 인생의 축소판인 바둑에서도 장고 끝에 악수가 나온다고 하지 않는가. 어차피 인생은 찰나이다. 순간적이고 파격적인 결정이 때로는 부담스러울 때도 있었지만, 내 삶의 태도를 바꾸고 싶은 생각은 없다. 어디에도 구애 받지 않는 자유, 그것이 내 삶의 지침서였다. 그렇게 살다가 지치더라도 후회는 없으리라.

다음날, 2월 말 날짜로 명예퇴임 사직서를 제출했다. 그때까지 김두관 남해군수를 한 번도 만나본 적이 없었으며 어떤 사람인지도 들어 보지 못한 상태였다. 그러나 잘 연결이 될 것 같은 느낌이 드는 한편, 지금 바로 하지 않으면 놓쳐버릴 것 같은 절박감도 들었다.

명예 퇴임

✿

:::::::: 퇴직 결산 때문에 서무실에 들렸다.

"선생님 노후를 생각하셔서 연금으로 받으시지요."

"노후는 그 때 가서 생각 할끼고, 언제 죽을지도 모르는 일, 25년 동안 모은 돈, 신나게 써보고 죽어야 안되것나. 한 푼도 남기지 말고 찾을 수 있는 것은 다 주라."

기왕에 다시 시작하기로 작정한 바에야 원점에서 출발하는 기분으로 과거를 말끔히 정리하고 시작한다는 것은 전적으로 나만의 방식이다. 하지만 그렇게 모든 것을 올인하여 열정을 쏟아 부어야만 직성이 풀리고 후회하지 않기 때문이다.

내가 늘상 하는 말이다. '어쨌든 빈손으로 왔다가 빈손으로 갈 것이니, 본전은 확실히 예약되어 있는 인생, 무엇을 망설이고 무엇을 아끼랴.'

그렇다, 결혼하지 않고 후회하는 것보다 결혼해 보고 후회하는 것이 훨씬 낫다. 지금 당장 즉흥적으로 결정한 이 시점이 제2의 새로운 인생의 반환점이 되어 지극히 중요한 포인트가 될 수도 있겠지만 그렇다고 심사숙고하여 결정될 일은 아니다.

잘한 건지, 못한 건지에 대해 생각하는 것은 지금이 아니라 미래의 일이며, 내가 결정지을 일이 아니라 하늘과 땅이 이미 정해놓고 있는 것이기 때문이다.

진인사 대천명盡人事 待天命

사람의 일로써 최선을 다 하고 난 후 하늘의 뜻을 기다리는 것이다.

그리고 한 가지 더 추가해서

불광불급不狂不及

미치지 않고는 이루지 못한다. 아니다 미치지 않고 이루어지면 하늘이 미친 것이다. 사람아 태어날 때 누구에게나 공평하게 주어진다는 단 세 번의 기회 중에 두 번은 이미 지나갔다.

이제 마지막 단 한 번 남은 기회를 절대 절명의 기회라 생각하고 언제 갑자기 내릴지도 모를 단비와 태양을 맞이하려면, 땀 흘려 옥토를 만들어 텃밭을 일구며 혼신의 힘을 쏟아 부으리라.

그렇게 해서 명예퇴직 수당까지 합쳐 일시불로 받은 돈은 대략 2억원쯤 되는 거금이었다. 당시만 해도 남해를 찾아온 관광객이 가볼만 한 곳은 고작 금산 보리암이 전부라고 해도 과언이 아닐 정도로 인프라가 취약한 관광 불모지였다.

교직에 근무하면서도 문화 예술 부분에서 왕성한 활동을 하고 있었던 만큼 문화와 예술을 접목한 품격 높은 관광지를 조성해 보자.

한국 예총 진주 부지부장과 한국사진작가협회 진주지부 사무국장을 맡으면서 중국과 국제 사진교류전을 협약하였으며 예진사우회 창립과 한국장승진흥회 태동의 주역을 맡으며, 도예와 서예, 천연염색. 전통다도등 각종 예술의 장르를 넘나들며 미치듯이 돌아 다녔던 경험을 토대로 또 한번 뛰어 보자. 만약에 한 국장의 말처럼 현직 군수와 파트너가 된다면 금상첨화가 아닌가.

하루는 그리스의 철학자 디오게네스가 대낮에 등불을 켜들고 무엇인가 열심히 찾으면서 거리를 돌아다녔다.

그를 본 제자 한 사람이 물었다.

"선생님 무엇을 그리 찾고 계십니까?"

"사람을 찾고 있다네!"

"인적이 드문 깊은 산중도 아니고, 이렇게 사람이 많은 번화가에서 사람을 찾다니요?"

의아해 하는 제자에게 그는 이렇게 말했다.

"사람은 많아도 정직하고 믿을 만한 사람은 드물다네. 나는 참사람을 찾는 것일세!"

디오게네스가 등불을 들고 찾아 올 때까지, 찾아와서 손을 잡아 줄 때까지 열심히 배우고 공부하며 터전을 마련하리라. 끝내 손을 잡아주는 사람이 없다면 조금 더 더디게, 어렵게 가게 될지 모르지만 그것도 또 다른 재미가 아니겠는가.

아스팔트 대로로 직행하면 빠르기도 하고, 편하기도 하겠지만 샛길로 들어서서 이리 돌고 저리 돌아 올라가다가 바위에 걸터앉아 쉬어도 보고, 고목나무에 기대어 청설모와 장난치며 들국화와 놀아보는 재미도 쏠쏠하지 않겠는가.

이제 주사위는 던져졌고 뛰어가든, 걸어가든, 가야만 한다. 더도 말고 덜도 말고 좋은 사람들을 만나 행복한 추억을 만들 수 있게 되기를 바랄 뿐이다. 내가 선택한 이 길을 함께 걸어온 이들에게도 함께 걸었던 그 시간이 소중한 추억으로 남게 되면 좋겠다.

"어이! 불이선생 또 뭐 같이 같이 할 일이 없는가"라는 소리를 들을 수 있도록……!

지천명知天命

❀

:::::::: 논어의 위정 편에 나오는 공자 말씀대로라면, 그때 나는 마음이 흔들리지 않는 불혹不惑의 사십 대를 지나 하늘의 뜻을 안다는 오십 대 초반 지천명知天命의 나이였다.

그런데도 오랜 직장생활의 굴레에서 벗어난 해방감으로 나는 흡사 고삐에서 풀려난 망아지 같았다. 앞뒤 분간할 겨를도 없이 하루 종일 동분서주 뛰어다니는 것이 하늘의 뜻인지 땅의 뜻인지도 알 수 없었다.

그러나 하루 일을 끝내고 잠자리에 누워 바라보는 천정은 온통 '화전별곡' 천지였다. 아름다운 예술마을, 담쟁이가 휘감겨 올라간 정겨운 돌담길과 그 길가에 피어난 설상화와 코스모스들이 연신 손짓을 하고 있었다.

이처럼 내가 미칠 수 있었던 까닭은 '꿈은 이루어진다.'는 자신감과 확실한 비전이 있었기 때문이지만, 무엇보다 그 꿈을 쫓아갈 건강이 따라준 덕분이다. 꿈은 이루어진다. 이루어지지 않는 꿈은 몽상일 뿐이다.

"선생님, 오늘 군수님하고 같이 선생님 댁으로 찾아갈 거니까 차나 한 잔 준비해 놓으시다."

몇 번씩 같이 머리를 맞대고 검토했던 화전별곡 프로젝트를 군수님께 설명할 기회를 만들어 보겠다고 하던 한관호 편집국장의 전화였다.

'마침 엊그제 하동 사는 차인이 보내온 우전차도 있으니, 멋진 다담상을 차려 놓고 진솔한 대화를 나누어 봐야겠다.'

언젠가 군수실로 가서 설명을 하자는 한 국장의 제의를 나는 일언지하에 거절했다.

"답답한 사람이 찾아 와야제. 와 내가 먼저 찾아 갈 끼고? 유비는 제갈량의 지혜를 얻기 위해 삼고초려도 마다 않았는데 필요한 사람이 우물 파는 거 아이가."

내 비록 제갈량의 지략과 지혜에는 훨씬 못 미치지만, 마주 앉을 수만 있다면 어느 정도 대적해 볼 수 있을 거라는 자부심이 없지는 않았다.

교직생활은 군수직과는 무관했다. 더구나 창선고등학교에 근무할 때는 진주에서 삼천포 쪽으로 출퇴근을 했기 때문에 나는 남해군청의 위치도 모를 정도로 무심했던 사람이었다. 그러니 군수가 어떤 사람이며, 어떤 일을 하는지도 관심 밖의 일이었다.

게다가 처음 만나는 사람에게 그의 속내도 모르는 채 내 꿈을 털어놓는다는 것도 부담스러운 일이었다. 단 한 푼도 군 보조금을 받지 않고 자비로 만든 기획서는 형식에 치우치지 않고 내 멋대로 자유분방하게 만들어진 서류였다. 그런데 그것을 구태여 딱딱한 군수실까지 갖고 가서 설명한다는 것이 마음에 썩 내키지 않았다.

군수자리는 예사자리가 아니었다. 특히 민선1기인 그는 마음만 먹으면 무엇이나 할 수 있는 것처럼 보였다. 수많은 공무원의 수장으로 무소불위의 인사권을 거머쥐고, 예산을 관리하며 조직 전체를 일사불란하게 움직일 수 있는 작전권을 갖고 있는 자리였다.

이제 남은 것은 그 사람 됨됨이를 알아보는 일이었다. 사람이 마음에 들지 않으면, 돈과 명예가 보장되는 일이라 하더라도 같이 일할 수는 없지 않겠는가.

물론 나는 첫눈에 사람을 알아 볼 수 있는 초능력의 소유자도 아니요, 유능한 관상쟁이도 아니다. 그러니 나만이 알 수 있는 사람 냄새와 느낌으로 판단할 뿐이다. 그것이 옳은 판단이든, 그른 판단이든 그건 전적으로 내 몫이다.

그런데 예감이 참 좋았다. 고향 땅에 남겨 놓을 마지막 작품을 만들 기회가 찾아오게 될지도 모른다고 생각하며, 나는 진솔한 마음으로 그를 맞이하리라 다짐했다.

화전별곡 花田別曲

::::::: 홀어머니를 모시고 사는 젊은이가 지나가는 스님에게 물었다.

"스님, 도道를 깨치고 싶은데 어디 가면 진정한 스승을 찾을 수 있을까요?"

"고무신을 거꾸로 신고 저고리를 거꾸로 입은 사람을 보게 되면, 그분이 진정한 너의 스승이니라."

젊은이는 참된 스승을 찾느라 삼년 동안 천하를 주유했다. 그러나 끝내 찾지 못하고 집으로 돌아와 사립문을 열며 어머니를 불렀다. 방안에 있던 어머니는 오매불망 보고 싶던 아들의 목소리를 듣게 되자, 방문을 와락 밀어제치고 달려 나와 아들을 얼싸안았다.

아들은 어머니의 모습을 보며 깜짝 놀랐다. 아들 목소리를 듣고 정신없이 달려 나오느라 어머니는 고무신도 거꾸로 신고, 저고리도 거꾸로 입고 계셨던 거다. 아들은 그제야 자신의 참 스승은 늘 곁에 계시던 어머니라는 것을 깨닫게 되었다.

사람들은 지척에 있는 진리를 보지 못하고 멀리서 구하려고만 한다.

그렇다 보니 공기와 햇빛과 하늘과 땅이 얼마나 중요하고 귀한지, 생각하지 않고 살아간다. 그럼 나는 어디서 시작을 해야 하나. 천리 길도 한 걸음부터 시작해야 하며, 그 첫 걸음은 중요한 출발점인 동시에 미래를 결정지을 수 있는 운명의 시작점이 되어야 하는데…….

그래, 내가 살고 있는 고향집 뒷산에서부터 시작하자. 앞, 뒤쪽에 내川가 흐르고, 내川가 마지막 몸을 푸는 곳에는 노루목의 호수 같은 바다가 펼쳐져 있고, 좌우에는 물건항과 금산이 멀리 바라보인다. 아버지가 손수 가꾸어 놓은 밤나무와 편백나무 숲이 울창한 이 땅에 먼저 예술혼을 심어보자. 삼천포, 창선 간 연륙교를 지나 해안선이 아름다운 물미도로를 거쳐 남해의 끝자락 미조의 중간지점인 동천洞天마을, 우리 집 뒷동산에 문화 예술촌을 만들어 보자.

"하늘의 끝이며 땅의 머리인 아득히 먼 한 점 신선섬에는 왼쪽은 망운산이요, 오른쪽은 금산, 그 사이로 봉내와 고내가 흐르도다."

조선시대 중종 때의 학자 자암 김구의 경기체가 한 구절이다. 자암은 기묘사화로 남해에 유배되어 권력도 부귀도 모두 잃은 채 절망적인 삶 속에서 문학과 예술의 꽃을 피웠던 분이다. 이 글귀는 작가의 문집인 '자암집'에 수록된 '화전별곡' 1장에 나오는 남해의 승경勝景인 화전의 풍경을 노래한 작품이다.

나는 남해의 옛 지명이었던 화전花田의 의미와 역사성, 그리고 꽃밭을 주 테마로 만들어 보겠다는 목표를 설정했다. 제2의 인생을 건 운명의 첫걸음은 '남해문화예술촌 화전별곡' 프로젝트였다. 건축 디자인이 전공인 나는 조감도를 만들고, 심혈을 기울여 화전별곡 꽃밭에 어울릴 집들을 지인들의 도움을 받아 붓으로 한 집 한 집 그려 나가기 시작했다.

문화와 예술은 만드는 사람이 있으므로 보는 사람들도 행복해지는 것 아닌가. 나는 화전별곡 속에서 문화 예술 활동을 하며 저마다의 삶을 꾸려나갈 사람들을 만나 생각을 듣고 지혜를 모아보기로 했다. 그래서 굉음을 내며 백만 킬로미터가 넘는 길을 애마 코란도를 몰고 누비고 다녔다.

현재 조성되고 있거나 이미 완공된 식물원, 수목원, 예쁜 집들이 있는 전원주택단지 등, 신문이나 텔레비전, 입소문을 통해 들은 정보는 즉시 현장 답사로 이어졌다. 그리고 하나하나 내 머리에 입력되었다. 나는 훗날 이곳을 찾아올 손님들의 행복한 미소를 상상하며 먼저 내가 살 집 '불이산방'을 가꾸고 완성시켜 나가는데 몰입했다.

얼마 지나지 않아 지역 매스컴이 불이산방에 관심을 갖기 시작했다. 불이산방과 자연에 대한 내 삶을 주제로 KBS에서 '청산에 살으리랐다'가 방영되었고, 연이어 다른 방송국과 신문에 '화전별곡' 조감도가 나가기 시작했다.

순수한 개인의 의지로 예술촌을 만든다는 것이 의아스럽기도 하고 허무맹랑하게 보였는지도 모른다. 어쨌든 많은 사람들이 '화전별곡' 프로젝트에 관심을 갖기 시작했다. 그러나 여전히 성공 여부에 대해서는 대부분 믿을 수 없다는 반응이었다.

그때 내 황당한 계획에 관해 얘기를 들었던 사람들은, 불과 십 년 만에 종이위에 그려놓은 그림이 현실로 나타나게 되리라고는 전혀 상상할 수가 없었다고 지금도 말한다. 사람이 걸어 다니기 어려울 정도로 가시

덩굴로 얽혀 있던 보잘 것 없던 산山이 지금은 개성 있는 집들과 꽃밭으로 가꾸어져 관광객들이 넘쳐나는 파라다이스로 변했으니 말이다.

그 후 화전별곡 프로젝트는 국비가 투입되는 남해군 정책사업으로 확정되었다. 그리고 우여곡절 끝에 남해문화예술촌사업으로 명칭이 바뀌었고, 내용도 다소 수정되어 원예예술촌과 독일마을로 나뉘게 되었다.

어쨌든 독일식 예쁜 집들이 들어서서 엄청나게 관광객을 불러들이고 있으니, 내가 처음 생각했던 것만큼 성공했다고 할 수도 있을 것이다. 달랑 그림 한 장 들고 이곳저곳을 두루 찾아다닐 때, '제발 꿈 깨라.'고 하던 사람들이 이제는 내가 어떤 일을 벌여도 이루어질 수 있을 거라 믿어주며, 응원해 주는 것만으로도 충분한 보상을 받은 셈이긴 하다.

지금은 각 지방단체가 경쟁하듯이 찍어내고 있는 예술촌, 또는 예술인 마을이지만 그 당시로써는 거의 생소한 사업이라 아무도 관심을 가져주지 않았다. 예술이 어떻게 돈이 되겠느냐는 우려와 특히 지역사회에서의 무관심 때문에, 나 자신도 성공에 대한 확신보다 실패에 대한 두려움을 떨치기 어려울 정도였다.

그러나 오히려 그런 점이 나를 더욱 긴장시키고, 고집스럽게 일을 추진하도록 이끌었다. 남들이 생각하지 못하는 것을 나는 해낼 수 있다는 오기가 알 수 없는 희열을 느끼게 해주었기 때문이다. 내가 생각해 봐도 참으로 희한한 체질이다. 그 시간이 열정으로 충만했기에 나는 나 자신을 믿고 일을 할 수 있었으며, 그래서 행복했다는 생각이 든다.

첫 만남

✿

:::::: 일요일 오전, 출발한다는 전화를 받고 대문 밖으로 나갔다. 택시요금을 지불한 뒤 택시를 돌려보내고, 한관호 남해신문 편집국장과 함께 점퍼 차림으로 우리 집 쪽으로 걸어오는 사람이 눈에 띄었다.

어라!

검은 색 관용차에서 기사가 부리나케 내려 허리를 굽혀 차문을 열어주면, 천천히 뒷좌석에서 나와 당당한 자태로 어깨를 뒤로 젖힌 채 앞장서서 걸어오리라. 그러면 비서실장은 비서실장대로 노트를 들고 뒤따르겠지. 군수 일행의 이런 행차 모습을 상상하고 있던 나는 호되게 뒤통수를 맞은 것 같았다. 그와의 첫 만남은 그러한 감동 속에 이루어졌다.

그는 간편한 차림에 운동화를 신고 있었다. 택시를 대기시키지 않고 돌려보낸 걸 보면, 시간에 구애 받지 않고 얘기를 한번 들어보겠다는 뜻인지……?

긴 시간이 필요하지 않았다. 그 순간, 나는 이 사나이가 거목이며 신뢰할만한 사람이라는 걸 직감적으로 알 수 있었다. 그는 내가 내 삶을 걸고 일을 같이 해볼 만한 대장부였다. 그는 예의가 바르고 정직했다. 상대방의 이야기를 진솔하게 듣는 태도는 어느 정도 예상했던 관료주의와는 거리가 멀었다. 대학에 다닐 때도, 남해신문 발행인을 맡고 있던 시절에도 그는 농민운동을 해왔으며, 흙냄새 나는 시골 이장을 맡았던 토박이 촌사람이었다.

"한 국장에게 대충 듣기는 했지만 선생님이 직접 자세히 설명 좀 해주시다."

그는 일에 대해서는 군더더기 없이 단도직입적으로 물었다. 그런 모습은 상대방이 망설이지 않고 모든 것을 솔직하게 털어 놓을 수 있게 해주었다. 드디어 '화전별곡'이 세상에 고개를 내미는 순간이었다.

어설프게 그려진 조감도, 세련되지 못한 그림과 극히 감성적인 자료로 시작된 브리핑은 두어 시간 동안 계속됐다. 지도자가 말이 많으면 들을 말이 적어지는 법, 그는 군수가 아닌 평범한 대학 후배로 돌아가 시종일관 진지하게 들었다. 내가 설명하는 내용이 쉽게 이해가 되지 않으면 정확하게 꼬집어 질문하고, 명쾌하고 합리적인 결론이 날 때까지 토론을 계속했다. 그냥 대충 듣는 게 아니라, 함께 의논하며 만들어 간다는 생각이 들 만큼 열성을 다했다.

그는 한 마디로 충성하고 싶은 군주였고, 모시고 싶은 보스였다. 그는 5%의 지시와 95%의 확인을 거치며, 영광은 부하에게, 책임은 내가 진다는 마음가짐으로 일하는 리더였다. 그 후 공휴일이면 한 번씩 찾아와 내 코란도를 타고 군내에서 관광지가 될 만한 곳을 직접 찾아 다녔고, 청학

동을 찾아가 밤새워 막걸리를 마시며 남해의 비전에 대해 진지한 대화를 주고받기도 했다. 그는 책상 앞에서 말로 하지 않고, 현장에서 온 몸으로 부딪히며 실천하는 이 지역의 진짜 대장이었다.

훗날 그가 두 번의 민선 남해 군수 임기를 마치기 며칠 전에 삼동면 봉화리에 있는 뿔당골황토찜질방에서 지역민들과 둘러앉아 환담을 나누는 시간을 가졌다.

그 자리에서 찜질방 주인이 질문을 했다고 한다.

"군수님, 임기동안 제일 존경할만한 사람이 누구였심니꺼?"

"요 바로 아래 동네에 사는 정금호 선생님입니다."

그는 스스럼없이 대답했다.

"와 그렇습니까?"

"그 분은 나한테 한 번도 부탁을 한 적이 없었지만, 내가 부탁한 많은 것들을 열심히 해주었습니다."

그가 내게 뭘 부탁했는지, 또 내가 뭘 해드렸는지는 기억이 잘 나지 않는다. 그러나 그 자리에 있었던 사람들에게 전해들은 얘기 내용은 영원히 잊지 못할 것 같다.

그가 막강한 권력을 가진 행자부장관, 경상남도지사였던 시절에도 나는 그의 업무와 관련된 그 어떤 부탁도 하지 않았다. 그것은 어쩌면 그와 처음 만나던 순간 내게 보여주었던 그의 모습 때문인지도 모른다. 너무나 진솔하고 평범해 보여 오히려 비범해 보일 수밖에 없었던 그의 사람 됨됨이가 내게 강렬하게 각인된 탓이다.

선거 때면 발로 뛰며 많은 사람들에게 부탁을 하면서 더러는 예견된 거짓말을 하는 경우가 있다.

"당선만 되면 잘 말씀드려서 그 문제는 해결하도록 노력해 보겠습니다."

몇 번의 낙선 끝에 도지사에 당선된 후, 우리의 관계를 오해하는 사람들로부터 가끔씩 청탁이 들어오는 경우 내 대답은 한결같다.

"언자 높은 사람이 돼서 전화번호도 모르고 저 같은 서민은 만나 보지도 못합니다."

그분들에겐 정말 죄송하지만, 그가 사심 없이 더 큰일을 이룰 수 있도록 멀리서 지켜보는 것이 나는 더 좋았기 때문이다. 지금도, 타고 온 택시를 돌려보내고 불이산방을 찾아 들어오던 그 겸손한 모습이 눈에 선하다.

수용

✿

:::::: 이제 필요한 사람이 나타났고, 나는 그를 만나 최선을 다 했다. 행정상으로 그 프로젝트를 수용하느냐 마느냐의 선택은 이제 그의 몫 이다. 그러나 차분히 그의 선택을 기다리고 있을 시간이 없었다. 관련 자료를 수집하고 전문가들과 면담을 하느라 나는 끼니를 거를 때가 한 두 번이 아니었다.

기다린다고 오는 것은 아니다. 오지 않을 수 없도록 자신의 실력을 쌓아 놓는 것이 우선이다. 김 군수와의 첫 만남 이후, 나는 그 날의 일은 벌써 잊은 채 혼자 한다는 각오로 동분서주 뛰어다녔다.

처음부터 혼자 생각해, 혼자 시작했고, 혼자 즐기다 보니, 같은 꿈을 꾸고 싶은 사람들이 모여들었고, 그러다보니 재미있는 일들이 벌어지고 있었다. 실수도 하고 실패도 했다. 그러나 일을 두려워하지는 않았다. 재미있는 일이라고 생각되면 무모하리만치 달려들어 성공 여부에 관계없이 일에 미쳤다. 목적이 아닌 일 그 자체를 즐겼기 때문이었다.

나는 가끔 산을 오를 때 정상까지 가지 못하고 중간에서 내려와 버리는 경우가 많다. 궤변일 수도 있지만 정상에 올라가 가슴 한번 펴고 고함 몇 번 지르고 나면 다시 내려와야 할 것을, 구태여 기를 쓰면서 끝까지 다 올라 갈 필요가 없다고 여긴다.

그리고 나무들과 이야기하고 작은 돌들과 눈을 맞추며 체력이 허락하는 만큼 적당히 산행을 즐기면 된다고 생각한다. 완공과 정상이 중요한 게 아니라, 내겐 늘 그 과정과 기쁨이 먼저이기 때문이다.

그 후, 얼마 지나지 않아, 군수실로 좀 와줄 수 없겠느냐는 연락이 왔다. 삼국지에서 제갈량은 유비현덕의 삼고초려三顧草廬 후에 대문을 나섰다는데 나는 이고초려二顧草廬 조차 기다리지 않고 한달음에 남해군청으로 달려갔다.

"선생님, 3일 뒤 정부 관계 부처에 내년도 국비 예산을 부탁하기 위해 서울에 갑니다. 전번에 설명해주신 그 '화전별곡' 프로젝트를 행정서식에 맞게 문서화 시키고 예산을 책정할 수 있도록 담당자들과 같이 작업 좀 해주시면 안 되겠습니까?"

지금까지도 그는 내게 부탁할 일이 있으면 조심스럽게 말한다. 그 이유는 용역비나 수고비를 그 어떤 명목으로도 단 한 푼도 받은 적이 없으며, 요구하지 않기 때문인지도 모르겠다. 돈을 주고받게 되면 서로에게 매이게 되고, 자유롭지 않은 상태에서 만든 프로젝트는 형식에 얽매여 도식화되기 마련이다. 그러다 보면 타인은 물론이거니와 자기 자신마저도 감동을 시킬 수 없게 된다. 그렇게 내 제2인생 서막은 막을 올렸다. 이제 차려진 무대 위에서 춤추는 일만 남았다.

가난한 사람

❀

:::::::: 그렇게 시작된 인연으로 그와 동행하는 사이 나는 그의 인간적인 매력에 흠뻑 빠져들었다. 그리고 새로운 일을 벌일 때마다 더욱더 그를 신뢰하고 기대를 걸게 되었다. 상대방에 대한 배려, 옳은 일이라 생각되면 초지일관 이루어내고야 마는 추진력은 그가 가진 탁월한 덕목이었다.

우리는 나비생태공원, 독일마을 유치, 밀레니엄 축제와 전국 장승축제, 내산 단풍축제와 노량 벚꽃축제 등을 같이 벌였다. 그럴 때면 막걸리를 한 잔 걸치고 덩실 덩실 춤을 추던 그의 모습을 잊을 수가 없다. 그는 사람 냄새가 나는 친구이며, 최고의 보스였다.

그가 얼마나 훌륭한 목민관이며 촉망되는 정치가였는지, 그의 치적을 들먹이며 공치사를 늘어놓고 싶지는 않다. 그의 정치적 이념이나 야망에도 나는 별 관심이 없다. 다만 인간적인 교감으로 맺어진 진한 우정으로 나는 앞으로도 오래도록 그를 잊지 않을 것이다.

이제 남의 말을 듣기만 해도 귀가 순해져 사사로운 감정에 얽매이지 않는다는 이순耳順의 나이도 반을 더 지났다. 뜻대로 행하여도 어긋나지 않는다는 종심從心을 바라보는 고개 마루에서 그와의 십년 우정을 생각하면, 하늘을 우러러 한 점 부끄러움 없었던 것을 축복으로 여기게 된다. 그가 어디서 무엇을 하던 앞으로도 나는 그를 응원하고 박수를 보낼 것이다.

지금도 가끔씩 그가 한 말들이 문득 생각날 때면 그의 안부가 궁금해지고 그리워진다.

벚꽃축제 일정은 다가오는데 날씨가 추워 벚꽃이 피지 않아 애가 타던 날이었다.

"선생님 축제가 내일 모렌데 꽃이 안 펴서 큰일 났습니다. 오늘 저녁부터 비닐로 다 씌워 놓고 촛불을 들고 있으모 안 되겠십니까?"

내산 단풍 축제 첫해에는 이렇게 속내를 드러내기도 했다.

"선생님 단풍축제 만들어 사람들 모아놓고 주민들이 키우는 염소 불고기 만들어 팔면 내산 사람들 허리 좀 펼 수 있겠지예?"

2000년 밀레니엄 축제를 위해 해맞이 장소를 하나씩 돌아보고 있을 때 동천리 고갯길 해맞이 마당 풀베기 작업을 하고 있는 공공 근로자들을 만났다.

"선생님 저 사람들 참 좀 사다 드리게 가게에 같이 좀 가입시다."

한참을 걸어 고갯길 옆에 있는 '산마루' 휴게소에 들려 삼만 이천 원어치의 빵과 우유를 사고 계산을 하려는 그의 지갑에는 단돈 칠천 원 밖에 없었다.

"선생님 삼만 원만 빌려주시다."

삼동초등학교 운동장에서 전국장승축제를 마치는 저녁시간, 운동장 중앙에 모닥불을 피워 놓고 막걸리 한잔으로 얼큰해진 주민들과 관광객이 모두 한데 어울려 서로서로 어깨에 손을 얹고 방금 세운 키 큰 장승과 모닥불 주위를 빙글 빙글 돌아가며 신명이 났다.

"선생님 참 좋습니다. 다음 축제에는 대한민국 사람들 다 모아 보입시다."

그런데 그가 군수를 그만두자 장승축제도, 단풍축제도, 벚꽃 축제도 모두 사라져 버렸다. 모두가 함께 즐길 수 있도록 사람 향기가 나는 축제로 자리를 잡게 하려 했던 우리의 꿈은, 그 꿈을 함께 이루려 했던 보스의 퇴진과 함께 기억 속으로 사라지고 말았다. 안간힘을 쓰며 축제를 위한 축제가 열리고 있는 작금의 축제 현장에서 그의 그림자를 절로 더듬어보게 된다.

노무현 정권이 끝난 후 집에 찾아온 그와 한가로이 차를 마시며 텔레비전을 보고 있을 때였다.

"선생님 장관시절 참 유혹도 많았는데, 한 푼이라도 받아묵었시모 지금쯤 저리 검찰에 불려 댕긴다고 이런 차 한 잔도 못 얻어먹겠지요?"

그는 지금도 마음만은 큰 부자이면서, 종이돈은 없는 참 가난한 사람이다.

날아보자! 높은 품격으로

　:::::::: 화력 발전소의 회오리가 남해 역사상 전무후무한 주민투표까지 가는 갈등의 아픔을 남긴 이후, 고품격 관광휴양지라는 화두를 군정정책으로 선회시킨 일은 참으로 잘한 일이라 생각한다.

　자연과 사람이 함께 공존하며 고부가가치를 올리는 굴뚝 없는 관광산업이야말로 우리 남해의 미래이기 때문이다. 연초부터 지역신문은 고품격 관광휴양지에 관한 내용으로 채워졌고 행정당국도 발 빠르게 움직이고 있는 것 같다.

　이참에 한국관광공사 사장을 일일 군수로 모셔와 남해의 관광 여건을 둘러보게 함으로써 남해의 관광 기반에 주목할 수 있는 교두보를 만들기도 했으며 자매결연도시의 인사들도 속속 다녀가고 있다.

　남해의 대표축제인 마늘축제가 경상남도 우수축제로 승급하는 쾌거를 바탕으로 한층 더 고품격의 축제를 위해 고심하고 있는 모습도 보인다. 그러나 시간은 얼마 없고 고품격은 빨리 해야 하고 정신없이 뛰다보면 무엇을 하고 있는지 무엇을 했는지도 모르게 지나가버리게 마련이다.

결국 업적위주와 생색내기의 결말로 끝나는 것은 아닌지 우려가 된다.

정말로 큰 그림이 그려져 있을까? 먼 미래를 보는 하드웨어와 소프트웨어는 확실하게 그려져 있으며 고품격의 높을 고高자의 의미는 확고부동하게 자리매김 하고 있을까?

높을 고高자의 의미야 알고 있다손 치더라도, 그 뒤에 따라 붙는 관광을 합친 고품격 관광이라는 높이의 기준점은 어디에 두고 있는 것일까?

주제는 간 곳이 없고 을씨년스런 시설물들과 껍데기만 요란한 채 아무도 책임지는 사람 없이 또 그렇게 세월만 흘리는 것은 아닐지……

고품격 관광은 엄청난 예산을 투입하는 외형에서 찾을 것이 아니라 그것들을 느끼고 간직하며 추억해야 할 이야기부터 만들어 내야 한다. 크고 새로운 것을 만들기 전에 지금 있는 작은 것부터 차근차근 고품격으로 정착시켜 가보자.

이제 사람들은 크고 화려한 것에 감동하지 않는다. 작은 것에 감사하며 옛것과 새로운 것의 조화에 가슴을 연다. 큰 것보다는 작고 정성스런 모습과 친절에 감동하고 거기 사는 사람들과의 작은 추억 쌓기에 감동한다.

분명히 남해만의 고품격이 될 수 있는 자원들이 정말 많다. 예산 타령하고 시간 타령하고 인적 자원 타령할지 모른다. 허나 높을 고高자에 이르기가 어디 그리 쉬운 일인가?

남해의 보물은 사람이 아니던가. 남해 시체 하나가 육지 산사람 셋을 당한다는 우리 남해인의 억척스러움과 단합만 있으면 분명 해낼 수 있을 것이다.

고품격은 멀리 큰 것에 고상한 것에 새로운 프로젝트에 있는 것이 아니다. 지금 저품격의 상태에 머물러 있는 것들을 고품격으로 끌어올리기만 해도 충분하다. 입으로만, 머리로만, 책상에 앉아서만 해서는 아무것도 되지 않는다.

행정에서는 선두에서 이끌어 갈 공무원들을 부지런히 내쫓아 연중 몇백만이 찾아오는 해외 고품격 관광지를 공부시켜야 한다. 단순한 예산 낭비의 외유가 아니라 현장에 적응시킬 수 있는 확실한 결과물을 내놓게 하는 등 우리의 지적재산으로 만들어가야 한다.

이 고귀한 프로젝트는 오직 담당 공무원들의 능동적이고 적극적인 자세와 사명감 속에 지역주민과의 적절한 소통을 바탕으로 시작되어야 하고, 만들어가야 할 것이다. 우리 보물섬 남해가 세계인이 사랑하는 고품격 관광휴양지로 정착되기를 기대한다.

예틀시대

✿

:::::::: 경남 김해에서 열리는 도자기 축제에 해마다 빠지지 않고 참가하고 있다. 여기 오면 도공陶工의 꿈을 가슴에 품고 물레와 씨름하며 밤을 지새우던 기억이 되살아난다. 도공들과 만나 흙 이야기를 버무려 막걸리를 마시며 현대 도예를 전공한 젊은 작가들의 과감한 디자인과 연출기법을 보는 재미도 쏠쏠하다.

전통을 고집하며 맨발로 흙을 밟고 손으로 주물러 물레를 돌리고, 며칠 동안 밤낮을 가리지 않고 장작불과 씨름하던 우리 세대의 눈으로 바라보면, 격세지감이 든다. 각종 기계들을 사용해 현대적 감각으로 생산하는 젊은 작가들의 도자기는 참으로 자유분방해 보인다. 다음 세대의 도공들은 또 어떤 작업을 할지 희망을 걸어 본다.

내가 물레를 돌리던 뒤편 벽에는 지금도 목조 서각 세 개가 을씨년스럽게 붙어 있다. 먼지를 흠뻑 뒤집어 쓴 '흙에서 겸손을', '물에서 관용을', '불에서 정열을'이라는 문구. 그 글들이 그때의 열정을 상기시키며 못 이룬 도공의 회한을 기억하게 한다.

축제장 가설전시장 한 구석에 다완장을 비롯한 차도구 등을 판매하는 매장이 눈에 띈다. 들어가 살펴보니 내가 갖고 싶은 다완장이 있는데, 가격이 만만치 않다. 우리 같은 서민들 형편으로는 그림의 떡이다.

차茶를 좋아해 자주 마시는 사람들은 대개 찻잔이나 다완 등 차 도구를 몇 개씩 갖게 되는데, 그렇게 되다 보니 진열해 놓을 장식장이 꼭 필요해진다. 그리고 기왕에 구입을 할 바에는 전통 차와 어울리는 고가구로 마련하고 싶어지는데, 그 가격이 참으로 만만치 않은 것이다.

이 다완장 역시 전라도 남원 땅에서 예전부터 목기를 생산해온 이름 있는 가구업체가 전통적인 이조기법으로 홍송 원목을 사용해 만든 품격 있는 제품이었다. 그러나 가격 때문에 쉽게 가질 수 없다면, 좋은 것이 무슨 소용이 있겠는가. 마시기 까다롭고 값이 비싸다는 이유로 우리나라의 좋은 차들이 커피에 내몰려 갈 길을 잃고 있는데 찻잔 놓을 장식장까지 비싸서야 되겠는가.

차 한 잔 마시는 것이 다반사로 일어나는 쉬운 일이라면, 필요한 도구를 구입하는 것도 부담 없이 쉬운 일이어야 한다. 오기가 발동했고, 미치는 병이 도지기 시작했다. 언제나 생각은 곧 바로 실행으로 옮겨졌으며, 실패는 있어도 후회는 없었다. 그렇게 살아왔다. 신들린 사람처럼 온 몸으로 부딪히며 미친 듯이 살아왔다.

대한민국 월드컵의 영웅 히딩크 감독이 그랬다던가, '아직 배가 고프다'고. 나도 아직 배가 많이 고프다. 세상과 한 몸이 되어 뒹굴다 뒹굴다 지쳐 죽을 때까지 더 좋은 사람들을 만나고 싶고, 더 넓고 큰 세상에서 더 재미있는 일을 해보고 싶다.

인사동과 고가구 전시장을 돌아보며 상세하게 정보를 수집하는 한편, 견본 책들을 이용해 충분히 시장조사를 끝낸 후 전투에 돌입했다. 봇짐을 메고 찾아간 곳은 중국 광저우 가구 박람회장이었다.

그리고 내 마음에 드는 사람을 찾기 시작했다. 엄청난 전시경비를 들여가며 넓은 매장을 차지하고 있는 재벌 회사이 아닌, 규모는 작지만 짜임새 있게 매장을 꾸며놓고 사장이 직접 톱과 망치를 들고 가구를 만드는 성실한 사람이어야 했다.

첫눈에 반할 만큼 좋은 사람을 찾을 수 없다면, 하늘이 아직 기회를 주지 않는 것으로 생각하고 그런 사람을 만날 때까지 미루고 돌아올 생각이었다.

하루, 이틀, 몇 바퀴를 돌다가 드디어 만나게 된 사장은 닝보에서도 다섯 시간이나 더 들어가야 하는 상산象山이라는 곳에서 작은 가구공장을 운영하고 있는 사람이었다.

그렇게 인연이 된 지 육 년 동안 우리가 주문한 물량이 많지 않았지만, 그는 우리가 주문하는 가구는 단 한 번의 실수도 없이 첫 만남에서 느꼈던 성실함으로 최선을 다해주었다. 재료, 디자인, 규격, 포장, 운송 등 모든 부분에서 세심하게 배려해 제품을 보내주었다.

주문과 동시에 물품 대금 전액을 결제를 해주어도 아무런 문제가 없었고, 보낸 상품에 하자가 있다고 하면 다음 컨테이너에 어김없이 실어보내주었다. 내가 미처 입금하지 못한 경우에도 물건을 먼저 보내주었다. 국제간의 거래에서는 도저히 있을 수 없는 믿음과 우정으로 신뢰가 바탕이 되어 사업을 진행할 수 있었던 것이다.

몇 번의 왕래로 이제는 반가운 친구가 되었고 내가 그려준 디자인만 보면 어떤 자료로 어떤 것을 원하는지 알 수 있을 정도로 서로의 마음을 읽는 사이가 되었다.

그러는 사이 나는 도시 주변으로 가서 가게를 열어야 한다는 주위의 권유에도 아랑곳하지 않고, 남해 고향마을 삼동면 동천리에 60평 정도의 가게 터를 얻어 간판을 걸었다. '예틀시대'

그랬더니 먼 곳에서도 찾아오기 시작했다. 서울 홍대 앞 가게에서, 서울 반포고속터미널 도매상들, 오산, 광주, 창원, 광양…… 디자인이 좋고, 질이 좋고, 가격이 좋으면 전국 어디서든 찾아올 것이라는 내 예상이 적중했다. 찾아가는 것이 아니라 찾아오도록 하는 것이 내가 하는 사업의 기본이다. 물건이 들어오는 날이면 컨테이너를 열기가 바쁘게 전국으로 팔려 나갔다.

이제 그 '예틀시대'의 문을 닫으려 한다. 제반 경비와 현지 임가공비의 인상으로 가격경쟁이 어려워졌기 때문이다. 그 만큼 즐겼으니 이제 다른 것을 해보라는 하늘의 뜻으로 알고 새롭게 즐길 거리를 찾아 나서려고 한다.

사업을 끝낸다는 섭섭함보다는 그 사장과 가족들과의 인연이 마음에 더 크게 자리를 잡고, 상산象山의 호텔에서 보던 밤바다의 풍경과 같이 먹던 물고기 요리 맛이 그들을 더 생각나게 한다.

말 한마디 통하지 않는 사이였지만 마음으로 교감했고, 만나면 즐거웠던 내 삶의 동행이었다. 그를 만나 내가 할 수 있는 말은 '니하오', '자이지엔' 딱 두 마디 뿐이었지만 하고 싶은 마음속의 말들은 만리장성보다 훨씬 길었으리라.

독일마을

:::::::: 독일마을이라는 글자만 보아도 만사지탄의 감회가 서린다. 십
년 전 14시간 비행 끝에 혈혈단신 프랑크푸르트 공항에 내려 마중 나온
루드빅 씨를 따라 그가 사는 마인즈의 아파트에서 남해독일마을 설명회
를 시작했다. 설명회는 각 도시를 돌며 이어졌다. 독일의 모든 생활을 정
리하고 제2의 삶을 계획하고 있는 그들이었으므로 궁금한 것이 많을 수
밖에 없었다. 행정기관에서 몇 번이나 현지 설명회를 가졌으나, 군청과
의회의 높은 어른들이 앉을 자리를 충분히 확보해야 했으므로 현지주민
이 낄 자리는 늘 충분하지가 않았다.

그래서 그들의 자리는 늘 다음, 다음으로 미루어졌고 나는 순수한 자
비를 들여 세 번이나 혼자 다시 독일에 다녀올 수밖에 없었다. 그들은 대
한민국 행정기관의 설명회를 반신반의하는 눈치였고, 현지에서 살아온
주민의 이야기를 통해 우리의 문화, 부동산 전망, 건축비 등 행정에서 책
임지고 대답할 수 없는 실질적인 문제에 관해 알고 싶어 했다.

어쨌든 그들은 왔고 독일마을은 조성되었다. 그렇게 그리던 고국에서

노년을 조용히 지내고 싶었던 정착 1세대와 관광객을 대상으로 펜션 사업을 주목적으로 하는 사람들과의 불화, 그리고 내부적으로는 한인 가정과 한독 가정과의 갈등, 익숙하지 않은 문화와 사고방식 등으로 인해 진통을 겪으면서도 엄청난 관광 기반을 구축하게 한 남해의 관광 일번지가 된 것은 주지의 사실이다.

이제 1세대는 비약적인 부동산 가격 상승으로 상당한 부를 챙겨 독일로 돌아가고 있으며, 몇 분 남지 않은, 코가 높은 순수 독일인마저도 구십을 바라보는 고령이 되었다. 독일마을은 여느 도시 변두리의 펜션 단지로 전락했고 관광객들은 무엇 때문에 독일마을이라고 하는지 의아해 할 것이다.

그런데 몇 십 억을 들여 콘크리트 현대식 건물로 거창하게 독일문화관을 짓는단다. 웅장한 건물 앞에서 높은 분들이 가슴에 꽃을 달고 흰 장갑을 끼고 테이프 끊게 될 것이다. 그런 건물과 그런 의전행사가 필요 없다는 말이 아니다. 지금보다 미래를 바라보며 외형보다는 내실에 중점을 두고, 독일 건축물다운 구조와 조형물, 전시물과 운영 등에 대해 한 번 더 심사숙고해보자는 것이다. 지금의 독일마을은 시급히 손질을 해줄 수 있는 고품격의 손길을 기다리고 있다.

첫 번째, 독일마을 안에 있는 모든 안내판을 독일 글로 바꾸자. 꼭 필요하면 글자 아래 그림을 그려넣어도 좋고, 모르면 그냥 '아하! 독일 글씨는 저렇게 생겼구나!' 하면서 독일어 간판을 배경삼아 사진을 한 장 찍어도 재미있지 않겠는가. '며칠 전에 뒤셀도르프에 가서 사진 찍었다'

고 곧 들통 날 거짓말을 하며 함께 웃을 수 있다면 그 또한 즐거운 추억이 될 것이다.

두 번째, 서쪽이나 동쪽 마을 뒤편으로 자동차도로를 만들고 마을을 관통하는 주 도로는 사람만 다니는 산책로를 조성하고, 여분의 땅에 서울 인사동의 쌈지마을처럼 작고 예쁜 기념품 가게들과 독일 먹거리 체험 장소를 만들고 주말이면 벼룩시장을 열어보자. 우리들 집집에 쌓아놓은 필요 없는 물건들을 주말마다 가져 나와 팔고 사며, 독일마을 벼룩시장 덕분에 주머니 용돈이 두둑해졌다며 막걸리 한 잔 주고받으며 잃어버렸던 옛날의 정취를 우리도 찾아볼 수 있지 않겠는가. 이렇게 사람들은 모여 드는데 돈 한 푼 쓰지 못하고 그냥 돌아가게 해서야 되겠는가.

세 번째, 현재 독일마을 주변에 급속히 조성되고 있는 짝퉁 독일마을 건축물들은 나름대로 개성 있는 디자인으로 어느 정도 모양을 갖추고는 있지만, 주변 정리나 조경보다 계획적이고 미래 지향적인 종합 발전 방향을 제시해 주면 좋겠다. 또한 마을 내에 있는 저수지 주변을 예술 공간과 쉼터로 만들어 독일의 문화와 함께 휴식의 장소로 제공되었으면 한다. 저수지 중간에 작은 로렐라이 분수탑을 만드는 건 어떨까.

이제 남해 관광 1번지 독일마을도 먼 미래를 위해 단순히 눈으로만 보고 스쳐 지나가는 관광지에서 벗어나 감동을 주고 추억을 선물하는 품격 높은 관광지로 거듭나야 할 때다.

미국마을

✿

::::::::: 지금 남해는 고품격 관광도시 정착을 군정의 화두로 내세우고 있다. 이러한 때에 십여 년을 관광 일선에서 종사해오며 누구보다 관광객들이 무엇을 원하는지 잘 알고 있다고 자부하는 사람으로서 기존의 저 품격 관광지의 현실을 짚어보고자 한다. 그리고 새로운 대안을 모색하는데 한 알의 밀알이라도 되고 싶은 심정으로 이 글을 쓴다.

파나마의 한 전통시장이 몰락의 기로에 섰던 적이 있었다. 그 때 한 주민의 제안으로 시장 이름을 <지나갈 수 있으면 지나가 봐>로 바꾸게 되었다고 한다. 그 후 그곳은 이름 그대로 파나마를 대표하는 유명시장이 되었다.

고 품격 관광지가 되기 위해서는, 엄청난 프로젝트로 새로운 것을 만들기보다 현재 있는 것을 점검해보는 지혜가 먼저 필요하다고 생각한다.

2007년 미국마을 유치 보도내용이 연신 지역신문을 메웠다. 그리고 군수가 미국을 드나들며 미국시민권을 포기하고 남해에 주민등록을 옮기는 교포들의 정착촌을 건설하려 한다는 꿈에 부풀었다. 그런데 지금 미국마을을 돌아보면 심한 격세지감을 느끼게 된다.

황량한 마을 어귀에 서 있는 '자유의 여신상'이 여기가 미국마을임을 증명하려는 듯 혼자 안간힘을 쓰고 있어서 측은하기까지 하다. 그나마 초입에 있는 미국마을 정 회장댁 안내판과 미국 자동차 번호판, 카우보이와 인디언 조형물 등이 마을을 찾아온 관광객들에게 위안거리가 될 뿐, 온통 펜션 간판뿐이다.

그림처럼 아름다운 엥강만을 바라보며 호구산 기슭에서 내려오는 수정 같은 계곡물과 천년고찰 용문사를 지척에 둔 미국마을은 남해에서도 보기 드문 천혜의 관광 명당이다. 그런데 고품격 관광지로 만들어 갈 수 있는 충분한 요건을 갖추었음에도 불구하고 모두가 손을 놓고 있다.

마을 가운데를 관통하는 외길 아스팔트를 따라 양측에 일렬종대로 서 있는 마을 같지 않은 마을이라, 도무지 정이 들지 않는 골목 없는 마을이다. 어쨌든 막대한 국비가 들어갔고 그나마 관광객들이 증가하고 있는 이 상황에서 더 이상 방관할 것이 아니라 고품격으로 나아갈 수 있는 대안을 찾아야 한다.

첫째, 최소한 이름값이라도 할 수 있고 미국 냄새라도 나는 마을이 되도록 만들어보자. 조금 더 미국마을답게 하는 수단으로 자유의 여신상을 더 크게 만들 계획이라고 하는데, 언감생심 여기가 뉴욕도 아니고 겨우 스무여 채 남짓한 작은 마을에 조형물만 키워서야 되겠는가.

터키의 쉬린제 전통마을에는 단 한 개의 새로운 조형물도 없이 전통이라는 향기만으로 연간 백 만 명이 넘는 세계 관광객을 불러들이고 있었다.

'남해 미국마을에 가서 미국 대통령하고 사진 찍고 왔다'고 자랑이라도 할 수 있도록 을씨년스런 도로를 따라 역대 미국 대통령의 흉상 조각이라도 진열해보자.

둘째, 편의시설과 먹거리를 생각해보자. 궁여지책으로 몇 개의 화장실 안내 간판이 꽤나 먼 용문사까지 이어지고 있다. 이유인즉 행정처에서 설치해주려고 해도 부지를 팔려고 하지 않아 어렵다고들 한다.

그러면 민자 유치로 유료 화장실을 만들어 화장실 자체를 미국마을의 또 다른 이야깃거리로 만들어 보자. '남해 미국마을에 가보니 참 희한한 화장실이 있더라.' 재미있지 않은가.

사용료는 한사람이 오백 원, 두 사람도 오백 원 받으면 한사람은 공짜로 화장실을 쓰는 기분이 들어 돈을 내고도 기분이 좋을 것이다. 체중 100kg 이상, 키 2m 이상은 천 원이라고 하면 키가 작아서 몸무게가 적어서 오백 원 내게 되었다며 좋아할 것이다. 키와 몸무게를 속이고 들어가는 사람은 오백 원 벌었다는 생각으로 또 기분이 좋아질 것이다.

기분이 좋으면 돈도 더 쓰게 되고 하룻밤 더 자고 가게 되는 것이 관광객의 마음이며, 돈이 된다고 생각되면 민자 유치도 쉬워질 것이다.

화장실 주위에서 재미있는 간이 포장마차 먹거리도 만들어 팔아보자. 미국 소시지도 팔고, 코큰 미국사람 붕어빵도 만들어 팔자.

셋째, 미국마을 좌우 계단식 논에 지중해처럼 그림 같은 마을을 만들어 골목길도 만들고 사람 냄새나는 마을이 되도록 하자.

인근 독일마을에 짝퉁 독일마을이 더 커지고 있는 것은, 돈이 되니 서로 앞 다투어 민자 투자가 이어지고 있기 때문이 아닌가. 의욕적으로 새로 신설했다는 군청 문화 관광과 관광 관리팀에 미국마을 개척단을 끼워 넣어보면 어떨까. A4 용지 50장이 넘는 논문이라도 쓰고 싶은 심정이다.

나는 천사와 악마를 만났다

:::::::: '악마처럼 검고, 지옥처럼 뜨겁고, 천사처럼 순수하며, 사랑처럼 달콤하다'고 한 프랑스 작가 타테랑의 '커피예찬'이 참으로 뜬금없이 운명적으로 나에게 찾아왔다.

평소 한주님과 늘 함께 하는 인생 극락 두 번째 코스인 목욕을 마치고 종착역인 세 번째 코스 소월 커피숍에 갔더니 주인장 다희 씨가 내게 권했다.

"제가 만든 커피도 한 잔 드셔 보세요."

이때 처음 마셔본 핸드드립 커피 한 잔이 이렇게 내 삶을 바꾸게 될 줄이야!

여느 때는 생강차나 대추차 등 몸에 좋다는 전통 대용차만을 주문했고 커피는 시쳇말로 '봉지커피' '다방커피'로 통하는 인스턴트 믹스 커피 맛에 길들여져 그 맛이 커피의 전부인 줄 알고 있었다.

그런 나에게 방금 마셔본 커피 맛은 좀 생소했다. 그러나 커피콩을 즉석에서 갈아 추출해내는 사람까지 멋져 보이고 뭔가 분위기가 달랐다.

한마디로 이제까지 마신 커피는 촌스럽기 짝이 없었는데 이건 뭔가 세련되어 보였다. 그냥 '커피'에서 '아메리카노' '까페 라떼' '캬라멜 마끼아또'…… 이 얼마나 멋있어 보이는 이름들인가. 또 돈 까먹을 호기심이 발동하기 시작했다.

"다희 씨, 이런 거는 오데서 우찌 배우는데?"

"커피 바리스타 학원에서 자격증을 따야 되는기라예."

아뿔사! 순간 처음 들어보는 '바리스타'라는 말이 머리에 꽂히며 세차게 뇌를 때렸다. 살아오면서 몇 번이나 새롭게 선택한 일들이 이렇게 우연히 나누게 된 말 한마디로부터 쉽게 시작되었다. 그것은 어쩌면 내가 어느 정도 믿고 있는 지극히 동물적인 직감에서 비롯된 것이라고 생각한다.

"그라모 그 학원 원장님한테 말씀 드려서 시간 있으면 우리 예술촌에 한번 오시라고 해줄래?"

별 의미 없이 한 부탁이었다. 이렇게 대수롭지 않게 이야기를 나눈 것이 인연의 고리가 되어 찾아오는 경우가 그리 많지는 않다. 그러나 그렇게 해서 연결 되어진 것은 반드시 필연이 되어 나를 전력 질주하게 만든다.

며칠 후 진주 커피바리스타아카데미 홍성빈 원장이 직접 찾아 왔다. 서비스 업종에 종사하는 사람답게 말쑥한 몸차림과 매너를 갖춘 그는 요즘 젊은이들과는 달리 차분했고 시종일관 공손한 태도로 일관했다.

첫 인상이 썩 마음에 들었고 단순히 커피 지식뿐만이 아니라 인간적으로 가까이 사귀어도 괜찮을 것 같아 몇 가지 상담 끝에 즉석에서 결론을 내렸다.

"그러면 내가 바리스타 지망생 열다섯 명 정도를 모집해서 배우러 갈 테니 '보물섬 특별반'을 편성하고 수강기간과 학원비를 절반으로 줄여 주고 100% 합격도 보장해 준다는 약속을 하소!"

인생은 선택의 연속이다. 거의 삼십 년 넘게 우리 전통차와 중국 보이차만을 고집하며 다도에 빠져 있던 나에게 또다시 선택되어진 '천사와 악마의 두 얼굴', 커피는 그렇게 우연히 그리고 빠른 속도로 내 삶 속으로 들어왔다.

선택하면 미쳐서 몰입하게 되고, 몰입하면 보이기 시작하고, 보이기 시작하면 즐기고, 즐기면 이루어진다. 개 눈에 뭣만 보인다고 모든 것이 커피로 보이고 컴퓨터도, 자료도 책도, 사람도 '커'자로 시작되는 회오리바람이 되어 버린다. 그렇게 해서 영광의 커피 바리스타 자격증을 취득하고 커피라는 새로운 세상으로 나래를 펴기 시작했다.

그런데 설립 초부터 한국차문화협회 부회장과 남해지회장을 겸하고 있는 협회로부터 우리 전통차를 보급해야 할 사람이 커피에 빠져서 되겠느냐는 전화가 왔다.

"무지개가 아름다운 것은 일곱 가지 색깔이 모여 있기 때문이 아니겠소!"

커피와 전통차는 둘 다 마셔봄으로써 우리를 행복하게 하는 것들인데 재료와 생산지가 다르다 할지라도 서로 연결되어 있는 것 아니겠는가. 어떤 차茶이냐가 문제가 아니라 그 차를 마시며 소통하고 여유를 즐기며 맛을 음미하는 것이 중요한 것이니 차의 또 다른 세계로 들어가 보는 것이라는 생각이 들었다.

이 고리를 이어보자. 배우는 재미, 죽는 순간까지 배움의 재미를 즐길 줄 안다는 것만으로도 나는 충분히 행복한 사람인 것이다. 시작하면 보이고, 보이면 사람들이 모이고, 모이면 이루어지는 것이다. 그렇게 해서 '해오름 커피마을'의 북을 울리고 제1장의 막을 올렸다.

커피 바리스타

:::::::: 참말로 재미있다. 새로운 세상에의 도전은 곧 무한한 상상으로 꿈의 나래를 펴게 했고 삶의 활력소가 되어 또 한 번 나를 미치게 만들었다.

커피 전문가 과정인 바리스타 자격 취득 공부를 하면서 참 많은 것을 배웠다. 커피 그 한 잔속에 담겨 있는 땀과 눈물에 관한 이야기를 들었다. 그리고 지구 반대편에 있는 아프리카와 남미, 동남아시아를 포함한 커피 생산국들의 지리와 기후 풍토, 그리고 공정무역과 현지 주민들의 생활 여건 등에 대해서도 알게 되었다.

다양한 커피 종류와 그만의 독특한 맛과 향을 추출할 수 있는 새로운 기법들을 이제 이웃과 나눌 때이다. 따뜻한 남해도를 행복의 커피 섬으로 바꾸어보자. 커피나무가 자랄 수 있는 따뜻한 남쪽 섬에 태어난 것도 어쩌면 커피와의 인연을 예견한 운명이 아닐까.

남해의 주된 농산물인 마늘과 시금치도 재배 농민들의 고령화로 머지 않아 생산이 줄어들게 될 것이고 젊은이들을 불러들일 대체 작목이 필요하게 될 것이다. 사람들이 떠나는 남해를 사람들이 돌아오는 남해로 바꾸는 화두로 남해에서의 커피 사업은 최적의 조건을 갖추고 있으며 필히 성공할 수 있을 것이라는 생각이 들었다.

세계5대 커피수입국이며 국내 커피시장의 연간 규모는 2조 3천억 원, 20세 이상 성인 한 명이 일 년 동안 마시는 분량이 388잔이 넘는다고 한다. 이 정도면 시장성과 상품성이 있는 매력적인 관광 콘텐츠이다. 고부가가치 관광 기반을 구축할 수 있으며 부대적인 사업을 통해 젊은이들을 불러들일 수 있는 충분한 가치가 있다.

그러나 혼자서는 어렵다. 같이 할 인재들을 양성해야 한다. 모든 것은 사람으로부터 시작하는 것이 아닌가. 빨리 가려면 혼자 가고, 멀리 가려면 여럿이 가라고 하지 않았던가.

"원장님, 많은 사람들이 진주까지 와서 밤늦게까지 배우려면 어려움이 많으니 차라리 원장님이 남해로 내려오셔서 강의해주면 여러 가지로 편리할 것 같습니다."

강의실을 만들고 교육기구들을 세팅하는 것도 순식간에 마쳤다. 그렇게 해서 예술촌 안에 해오름 커피마을을 조성하게 된 것이다. 그리고 보물섬커피바리스타아카데미를 만들어 벌써 10기생까지 90여 명이 바리스타 자격증을 취득했다.

보물섬 바리스타협의회를 조직하여 제1회 커피축제도 성공적으로 끝낼 수 있었다. 곧바로 내년의 축제 일정을 예고하고, 가장 인기가 있었던 커피체험은 일 년 전부터 예약을 받고 있다.

주부, 공무원, 사업가, 교사, 대학생, 전업희망자 등 다양한 계층의 젊은이들부터 노인까지 각계각층에서 바리스타가 배출되었다. 특히 장애인 반을 만들어 그들에게 자부심과 명예심을 심어주고 자활의 길을 만들어 준 것은 참 잘 한 일이라고 생각한다. 지금은 바리스타 주말 고급반을 만들어 인근 도시의 바리스타 1급 지망생들이 강의실을 메우고 있다.

이어서 커피체험관을 만들고 로스팅 하우스와 커피 화랑을 개관하였으며, 커피와 함께 할 수제쿠키와 초콜릿도 함께 만들고 있다. 부지런히 원예연구소를 드나들며 김홍림 박사의 조언으로 커피나무 묘목장도 만들고 커피 박물관 부지도 조성하고 있다.

발바닥에 땀이 나도록 뛰어 다니며 배우고 실천하기를 밤낮을 가리지 않았고 국내·외 를 구분하지 않았다. 로스팅 하우스에서 볶아내는 질 좋은 원두는 전국의 마니아들로부터 인기를 얻어 분주히 택배로 배달을 하고 있으며 커피 갤러리의 핸드드립 코너는 연일 커피 향이 가득하다. 커피 묘목장에는 커피 꽃과 커피 열매가 관광객들의 눈길을 끌고 있다. 어린 묘목들은 주인을 기다리며 손짓을 하고 있다.

뜻이 있으면 반드시 길은 있고 그 길은 필히 행복으로 통하는 길이며 모든 길은 로마로 통하고 있으며 그 길은 사람과의 만남을 통해 이루어졌다. 내가 이렇게 목표를 향해 겁없이 도전할 수 있는 것은 오직 사람에 대한 믿음 하나로 시작된다.

추진하는 과정에서 필요한 사람들을 만났을 때 같이 할 수 있으며 같이 행복해질 것이라는 믿음 덕분이다. 그 외 투자비용과 여건, 시간 등 부수적인 것들은 개의치 않는다. 오직 공유할 사람과의 만남이 중요하다. 흥하고 망하고도 중요한 일이지만, 이렇게 진행하는 일은 결코 망하지 않는다. 이 나이에 정열을 몽땅 쏟아 부으며 신명나게 하고 싶은 일을 하는 것만으로도 충분히 보상받고 있는 것이 아니겠는가.

이제 스토리텔링을 통해 커피에 낭만과 추억의 드레스를 입히고 행복의 월계관만 씌우면 된다. 이야기에 굶주려 있는 현대인들에게 재미있는 이야기를 만들어 주자. 내가 커피가 되고, 커피가 내가 될 수 있는 진정한 커피 바리스타가 될 때까지 열심히 공부 하리라. 그리고 저 큰 중국 대륙에 한국의 커피문화를 수출하는 교두보를 만들어 보리라.

동티모르의 인연들

✿

:::::::: 남해에는 미조와 은점 양화금에서 고기잡이배를 타는 열다섯 명의 동티모르 청년들이 있다. 중국인들이 돌아가고 난 빈자리를, 세계에서 가장 가난한 나라에서 온 그들이 채우고 있는 것이다. 이들은 오십여 년 전에 우리네 파독 광부와 간호사들이 그러했듯이 월급의 대부분을 자기 나라로 보내고 있다.

이들은 바다일이 없을 때 한 번씩 해오름예술촌에 놀러오곤 한다. 그럴 때마다 이들과 커피를 같이 마시기도 하고 자장면도 한 그릇씩 같이 먹다보니 정이 들어 어느 날 그들에게 부탁을 했다.

"너거 나라 돌아갈 때 내 좀 따라가면 안 되겠나?"하고 대수롭지 않게 내뱉은 한 마디가 동티모르라는 생소하고도 위험한 나라를 여행하는 계기가 되었다.

가장 개발이 안 된 나라 중의 하나이며, 여행주의지역으로 지정되어 있어 쉽지 않은 여행이 되겠지만, 현지인인 이들과 함께 간다면 별 문제가 없을 것이라는 안일한 생각이었다.

불과 한 달여 전에 가장 추운 시베리아 이르쿠츠크 바이칼호수 지역을 다녀온 터라, 다시 가장 더운 나라에 간다는 것이 건강상 염려가 되었으나 '이런 기회를 놓치면 언제 그런 오지를 여행할 수 있겠는가'라는 생각으로 마음을 다잡으며 배낭을 쌌다.

여행비 때문에 한국에 온지 삼 년 만에 집에 간다는 '밴리또'와 '도밍고', 이 둘과 함께 인천공항에서 여덟 시간 비행 끝에 새벽 두 시 인도네시아 발리의 덴바사 공항에 도착했다. 그리고 현지비자를 발급받아 입국허가를 받은 뒤 어렵게 숙소를 구해 잠깐 눈을 붙일 수 있었다.

다음날 동티모르 딜리로 가는 비행기를 타기 위해 공항에 갔지만 공항청사에 들어갈 수도 없었다. 아뿔싸, 이들을 믿고 나선 길인데 이들 또한 처음인데다 타지의 여행경험도 전무하니 모든 걸 내가 할 수밖에 없었다. 따라가는 것이 아니라 데리고 가는 꼴이 되어버린 격이다. 비행기 표가 있어야 공항에 들어갈 수 있으니 어쨌든 공항 밖 어디에선가 표를 구해야 했다.

두 사람을 공항 밖에 앉혀놓고, 착해 보이는 자가용 영업기사를 골라 콩글리시와 만국공통어인 손짓 발짓을 보태가며 두어 시간 만에 시내에 있는 여행사를 찾아갔다. 어렵사리 표를 구하기는 했는데 내일 출발하는 비행기라 할 수 없이 하룻밤을 더 묵을 수밖에 없었다.

세계적인 여행지 발리를 하루 더 즐기라는 계시라고 생각하며 두 명을 데리고 발리 투어에 나서기로 했다. '피할 수 없으면 즐겨라'라는 내 평소 신조를 따라 기꺼이 즐기다보니, 싸고 깨끗한 펜션 '놈하우스' 주인과도 인연이 닿았다.

그리고 '도밍고'의 여동생이 발리 근교에 살고 있다고 해서, 십년 만에 만나본다는 '도밍고'의 여동생 집에 들러 환대를 받았다. 발리 해변과 유명 관광지와 루왁커피 맛도 즐기며 세상 모든 일에 '다 좋은 것'도 '다 나쁜 것'도 없다는 것을 새삼 깨닫기도 했다.

우여곡절 끝에 다음날 아침 동티모르 수도인 딜리로 가는 슈리아 항공기를 잡아탈 수 있었다. 작은 비행기 안에 외국인이나 관광객으로 보이는 사람은 눈에 띄지 않았다. 한결같이 텔레비전에서 늘 보아왔던 총을 치켜들고 고함을 지르는 전쟁투사들 같았다.

피부색과 모양새가 조금 다를 뿐이니, 선입견을 버리고 그들과 친구가 되어보자고 스스로를 애써 달래가며 두 시간여의 비행 끝에 드디어 딜리공항에 도착했다.

입국심사대 앞에 서서 여권과 함께 '본디아안녕하세요'라고 아침인사를 건네며 나 나름대로 정겨운 미소와 겸손한 자세로 검열을 기다린다.

동티모르에서는 좀처럼 볼 수 없는 백발의 수염과 짙은 눈썹 사이로 보내는 존경의 메시지에 그도 씨익 웃으며 흔쾌히 도장을 찍어주며 화답해 주었다. 세상 어디에서도 통했던 만국공통여권은 여기서도 역시 무사통과였다.

공항을 나서는 순간 덮쳐오는 후덥지근한 열대의 더위는 결코 순탄치 않을 여행을 예고하는 듯했다. 시작부터 등에 진땀이 흐르고 있었다.

비포장 공항 주차장과 길거리 휴게소에 앉아 있는 사람들의 표정과 제작연도가 언제인지 가늠할 수 없을 정도로 망가진 택시들을 보면 전쟁으로 폐허가 된 영화 속의 한 장면 같았다.

나는 타임머신을 타고 시간을 거스른 듯 과거의 풍경 속으로 빠져들어 가고 있었다. 무더위와 흙먼지로 범벅이 된 도로가에 무료하게 앉아 있는 젊은이들은 희망과 절망의 경계에서 고뇌하며 기다림에 지쳐가고 있었다.

과거 유럽강국들의 식민지 경쟁 속에서 사백 년이 넘는 긴 세월동안 포르투갈의 식민지로 있었고 스페인, 네덜란드, 영국의 각축전 속에서 다시 동서로 나뉜 비운의 나라였다.

그 빈자리를 또 다시 일본이 강탈해 육만여 명이 살해되는 아픔을 겪어야 했으며, 독립된 지 겨우 9일 만에 인도네시아에 무력합병 되고 말았다. 점령군의 잔학 행위와 기근, 질병으로 전체 인구의 1/4에 이르는 이십만 명이 넘는 사람들이 목숨을 잃었고, 내란으로 정신과 경제 기반의 거의 전부가 처참히 무너져 버린 땅이 바로 동티모르였다.

우리도 상록수부대를 참전시킨 바 있는 유엔 평화유지군의 중재로 독립한지 이제 겨우 십여 년이라고 했다. 그나마 티모르 섬 서쪽은 인도네시아의 영토가 되어버렸고, 고작 강원도 정도의 면적과 백만 명의 인구가 민족의 뿌리를 지키고 있었다. 이 비극의 땅 동티모르에 내가 서 있는 것이다.

숙소로 해변의 허름한 호텔을 찾았으나, 위험하다는 벤리또의 말을 따라 그의 친척집에 머물기로 했다, 덥고 가난한 나라의 여유로움과 도시 전체를 휘감고 있는 나른함 속에 몸을 맡기고, 하나도 급할 게 없는 무료함와 무심함으로 동티모르의 수도 딜리에서의 일상이 시작되었다.

얼기설기 움막을 지어놓고 도시로 일거리를 찾아 떠나온 젊은이들이 모여 사는 딜리 시내 변두리에 있는 마을공동숙소에 우리는 같이 기거하기로 했다.

정해진 식사시간도 없었고 굳이 일어나거나 자야 할 때를 챙길 이유도 없었고 할 일도 없었으며 어디를 둘러보아도 달력 한 장 없으니 날짜를 챙길 이유도 없었다.

누군가가 밥을 해서 커다란 소쿠리에 담아놓고 양념간장 하나를 공동구역의 책상 위에 얹어 놓으면, 먹고 싶을 때 먹으면 됐다. 수시로 물을 한 바가지씩 둘러쓰고 가만히 앉아 있다가 잠들면 그 뿐이었다.

냉장고가 없으니 음식을 남겨둘 필요도 없고, 나뭇가지 몇 개로 밥이

익으니 연료비 걱정도 없었으며, 일 년 내내 더우니 문짝도 필요 없이 그냥 아무데나 판자 몇 개 붙인 침대 하나만 놓으면 그곳이 바로 침실이 되었다.

스펀지 요 위에 누워, 가진 것이 없어도 행복한 그들과 가진 것이 너무 많아 행복을 모르며 살아가고 있는 우리네 삶을 생각해보며 사흘째 딜리에서의 밤을 보낸다.

공동숙소에서 이틀을 기거한 뒤 한국의 광주에서 일하는 남편의 수입으로 두 딸과 본가와 처가의 식솔까지 함께 기거하고 있는 딜리 시내 변두리에 있는 셀리의 집으로 거처를 옮겼다.

1300여 한국 체류 노동자들이 벌어다주는 돈은 보통 열 명이 훨씬 넘는 형제와 처가 쪽 식구들의 교육비와 생활비로 사용될 만큼 가장 큰 수입원이었다. 이들은 가히 가문의 영웅들이었다. 반세기 전에 우리가 그랬던 것처럼 헐벗고 굶주림을 참아가면서도 형제들과 자식들 교육에 관한 열정만은 대단했고, 그것만이 그들의 유일한 희망이었다.

한국인이 왔다는 소문에 온 동네사람들이 모이고, 멀리서 친척들까지 다 찾아왔으나 어디를 둘러봐도 육십을 넘긴 노인이 좀처럼 보이지 않는다. 이들이 하나같이 궁금해 하는 것은 '한국 사람들은 어떻게 그리 오래 사느냐'라는 것이었다. 육십을 훨씬 넘긴 나이에도 '내 나이가 어때서, 사랑하기 딱 좋은 나이야'라고 노래 부르며 청년처럼 살고 있는 우리네 노인들이 참 신기한 모양이었다.

열악한 환경과 의료시설, 특히 세계 제일의 흡연국답게 남녀노소를 가리지 않고 피우는 독한 담배와 운동 부족, 그리고 가루째 마시는 진한 커피가 이들이 오래 살지 못하는 이유 같았다.

힌두교와 불교국가가 대부분인 동남아 국가들 속에서 유일하게 국민의 95%가 천주교 신자인 것은 400여 년 동안 포르투갈 식민 치하 속에서 언어는 물론, 종교까지 변형되어버린 것이리라. 도시를 돌아보면서 언뜻 성당을 보긴 했지만 신기하게도 평일에는 물론, 주말이 되어도 성당에 가는 사람들이 좀처럼 보이지 않았다.

시멘트벽에 예수님 그림 한 장만 있으면 기도처가 되었고, 집안 곳곳, 심지어는 닭장 속에까지 최후의 만찬이나 마리아상 사진 한 장만 있으면 그곳이 바로 성당이었다. 형식이 중요하지 않았다. 가장 가까운 곳에 모시고 항상 천주님과 함께 있으니, 그들의 마음도 그렇게 착하고 순수한 것 같았다.

처음으로 한국에서 온 귀한 손님을 대접하느라, 동네 아이들은 싱싱한 코코넛을 따기 위해 그 높은 나무에 맨발로 오르고, 생전 해보지 않은 반찬을 만들어보려고 애쓰는 모습을 보며 먼 옛날 우리네 시골 인심이 생각났다.

마을을 돌아보고 싶어 잠깐 나가보았으나, 옆 동네와의 경계구역은 위험할 수도 있다며 돌아가자는 말에 꼼짝없이 집 안에 있을 수밖에 없었다.

날짜도, 시간 개념도, 생각도 없이 그냥 멍하니 앉아만 있었다. 시도 때도 없이 자다가 일어나면 찬물 한 바가지 둘러쓰고, 먹을 거 있으면 먹고, 또 자면 그뿐이었다. 잠깐 블랙홀에라도 빠져버린 것 같은 멘붕_{정신}붕괴의 시간이었다.

매일 매일을 바쁘게 보내던 일상 속에서 생전 처음으로 움직임과 생각을 떠나보낸 사흘은, 아주 소중한 추억으로 남을 것이다. 이 시간은 내게 또 다른 깨달음을 주었다.

이제 이 도시를 떠나 이번 여행의 주된 목적인 동티모르의 야생커피 주산지인 에르메르 지역의 르와나 마을을 향해 출발할 예정이다.

시외터미널이 없어서 도시 구석구석을 거쳐 가며 사람과 짐을 싣고 오다 보니 예정보다 2시간이나 늦은 새벽 1시에 버스가 도착했다. 버스를 보니 10여 시간의 고통스러울 여정이 시작도 하기 전에 겁부터 먹게 한다.

여기서는 대부분의 버스가 25톤 트럭에다 가축 운반용처럼 난간대를 만들어 짐을 싣고 그 위에 사람이 타게 되어 있다. 그나마 며칠 동안 버스기사와 연락해 어렵게 타게 된 작은 미니버스는 앞문과 뒷문짝이 없었으며 좌석과 통로에 짐들로 가득 차 있었다.

버스가 출발하면서부터 차내에서 뿜어대는 독한 담배연기는 참으로 견디기 어려웠다. 만약 문짝이라도 닫혀 있었더라면 중도에 포기했을 것 같다.

세 시간쯤 달려 '레누'라는 마을에 잠깐 정차해 노상에서 볼 일을 보게 한 후에도 버스가 출발할 기미를 보이지 않았다. 세상에! 기사가 잠이 와서 잠깐 자고 간다는데, 언제 가느냐고 물으니 기사가 깨어나면 갈 것이란다.

그런데도 승객 중 누구 하나도 불평하거나 안달하지 않았다. 서둘러 가야할 이유도 없었고, 서두른다고 될 일이 아니라는 것을 잘 알고 있는 그들은 숙명처럼 이 상황을 받아들이며 오히려 즐기고 있었다.

고지대의 새벽공기가 차가웠다. 오랫동안 보지 못해 거의 잊고 살았던 새벽달의 신비함 속에서 한동안 내가 누구인지 되짚어보는 상념에 빠져 있을 때, 이제 가자고 하는 버스의 경적소리가 들린다.

이제부터 난코스에 들어서는가 보다. 그렇게 보고 싶어 어렵게 찾아온 천연 야생커피나무숲도, 안개 속에 잠긴 열대지방 특유의 절경도 천 길 낭떠러지 위를 달리는 곡예 운전의 공포 탓에 여유롭게 구경할 경황이 없었다.

자동차가 미끄러운 길을 오르지 못하면 승객들이 내려서 바퀴 밑에 돌을 넣고, 앞에서는 줄을 당기고 뒤에서는 밀면서 끌고 가기를 수차례 반복하면서도 그들은 마냥 웃고 있었다.

천신만고 끝에 드디어 도착한 르와나마을. 야생 차나무로 둘러싸인 산기슭마다 한 폭의 그림처럼 앉아 있는 작은 마을들이 눈에 띈다. 희한하게 생긴 한국인을 마중 나온 어린이들의 미소는 한 마디로 평화와 순결함 그 자체였다.

수많은 여행 중에서 처음으로 느껴보는 순수함이었다. 그 진한 감동은 영원히 남을 것 같았다. 아이들의 손을 잡고 그들을 따라 커피나무숲을 산책하고 돌아왔더니, 귀한 손님을 대접하느라 닭을 잡은 모양이다. 작은 닭을 잡아 그냥 맹물에 통째로 끓여 놓은 닭국 한 그릇과 쌀밥 한 접시를 식탁위에 얹어 놓고 빨리 드시라고 한다.

등 뒤에서 보고 있는 가족들과 이웃 사람들의 시선에 혼자 먹을 수가 없어서 어쩔 줄 몰라 하며 먹지도, 먹지 않을 수도 없는 외통수의 낭패한 꼴이 되고 말았다.

손님이나 어른이 먼저 먹고 난 다음에야 비로소 식사를 하는 것이 이들의 풍습이라고 하니 내키지 않는 마음으로 급히 식사를 할 수밖에 없었다.

이곳 사람들은 길가에서나 집안에서나 어른들이 앉아 있는 앞을 지날 때면 허리를 굽히고 손바닥을 땅 쪽으로 편 자세로 '리센샤실례합니다'라고 공손히 말하며 지나간다.

열악한 생활환경 속에서도 상대방을 배려하고 존중하는 아름다운 전통과 자연을 닮은 순수함이, 가진 것이 많을수록 더 많은 것을 가지기 위해 안달하고 있는 우리보다 행복지수가 훨씬 높은 이유가 아닐까 싶었다.

　동티모르 천연 야생커피가 갖고 있는 매력보다, 역시 다른 여행에서와 마찬가지로 이곳에서 살아가고 있는 그들의 때묻지 않은 순수한 삶에 먼저 매료되고 말았다.

별 기대도 계획도 하지 않고 우연히 따라 나선 여행에서 참으로 많은 것을 공부했고, 온 열정을 쏟아 붓고 싶은 일거리도 가져왔다. 여태까지의 여행들이 대부분 비움과 휴식의 여행들이었다면, 칠순의 문턱에서 다녀오게 된 동티모르 여행은 운 좋게도 채움과 깨달음의 여행이었다.

비움과 채움의 의미가 손등과 손바닥 차이일 뿐일지라도 스스로를 비워 다른 누군가를 채워줄 수 있다면 길지 않은 인생에서 또 하나의 의미 있는 일이 될 것이다.

이제야 간신히 자유를 얻고 변화를 모색해보려는 생소한 나라에서, 그들이 겪었던 질곡의 삶을 공유해 보지도 못했으면서 단지 며칠 동안 보고 느낀 것으로 통한의 역사로 점철된 동티모르를 보았다고 할 수는 없을 것이다.

그러나 동티모르에서 나는 없는 것마저도 주고 싶어 하는 선한 사람들을 만났고, 가진 것 하나 없어도 행복할 수 있는 귀한 사람들을 보았다.

에르메르 지역의 르와나 마을사람들이 하는 이야기를 통해 강대국들과 재벌기업들의 개발 저지와 노동력 착취의 불공정 한 거래를 어렴풋이나마 실감하면서, 유일하게 신의 축복으로 내려준 천연 야생커피를 원시적으로 채취하기만을 강요당하고 있는 비극을 엿볼 수 있었다.

가져간 비상약들의 사용법을 이웃집 여중학생 '니나'가 유창한 영어 실력으로 통역했다. '니나'의 예쁘고 당찬 모습을 보니, 이 나라 젊은이들의 미래가 한결 밝아 보였다. 그녀는 지금 열심히 한국어를 배우며 커피 바리스타의 꿈을 키워가고 있으리라.

그곳은 '시간을 잃어버린 나라'라고 부를 만큼 어느 곳을 둘러보아도 달력과 시계를 볼 수 없었다. 그리고 인구 110만 명 중 절반이 하루 1달러약 1100원가 되지 않는 돈으로 생활하며, 문맹률이 50%에 이르는 아시아에서 가장 가난한 나라이다.

그러나 동티모르는 우리와 닮은 곳이 많은 나라였다. 여덟 시간을 날아가도 한국 시간대와 똑같았다. 그리고 남북 대신 동서로 나뉘어져 아직도 반 토막의 비운을 겪고 있는 나라이며, 우리 역사와 마찬가지로 수탈과 전쟁의 폐허를 딛고 일어서야만 하는 나라이다.

열강들의 각축 속에서 홀로서기를 시도하고 있는 남태평양의 작고 외로운 섬나라 동티모르는 젊은 노동력과 척박한 땅에서 피어나는 커피나무에 기대를 걸고 지난날의 상처를 딛고 일어서려고 한다.

그들에게 돈은, 먹고 살기 위해서가 아니라 자식들과 형제자매들을 배움의 길로 이끌기 위해 꼭 필요한 가치이다. 그래서 자신들은 헐벗고 굶주리며 온갖 질병에 시달리면서도 예전에 우리 부모님들이 그랬던 것처럼 오로지 후손들의 교육에 꿈과 희망을 걸고 있다.

공항 울타리에 올망졸망 달라붙어 '아디오스 아미고'를 외치며 두 손을 흔들어 주던 그들에게 차마 고개를 들고 같이 손을 흔들어 주진 못했다. 하지만 그보다 더 가치 있는 무엇인가를 해주기 위해 나는 머지않아 다시 이 땅을 밟을 것이다. 그들이 간절히 원하는 배움의 터전에 작은 불씨가 되겠다고 다짐하며 그들이 봉지 봉지 싸준 귀한 커피를 가방에 담고 트랩에 올랐다.

5부

혼자서 가는 길

나는 돈이 너무 많다

:::::::: 사람에게 주어진 단 하나의 의무는 '행복'이다. 그리고 그것을 추구하기 위해서는 돈이 필요충분조건이라고 했던가. 그러나 나는 돈이 필요한 조건은 될망정 충분한 조건은 아니라고 생각한다. 나는 모으기 위해서가 아니라 오로지 쓰기 위해서 벌고, 쓸 만큼만 벌며, 개인과는 돈 거래를 하지 않는다는 원칙을 세워놓고 있다.

인근에 있는 삼동새마을금고 김 대리에게 한 푼 두 푼 행복을 저축한다.

"김 대리, 언자 얼메쯤 돈이 모있네?"

"촌장님 한 삼백만 원쯤 잔고가 있으니 이제 조금만 보태면 또 여행 가시겠네요."

"요번에는 좀 멀리 갈라 쿠는데 발바닥에 땀이 나도록 뛰어야 되것네. ㅎㅎ"

내게 '잔고'라는 금액의 기준은, 마이너스 이천만 원 통장의 상한선이므로 삼백만 원이 있다는 것은 마이너스 일천칠백만 원이 현재 통장잔액이라는 말이다.

통장은 마이너스이지만 돈 때문에 내 삶마저 마이너스로 만들지는 않을 것이다. 그래서 그렇게 쓸 곳을 미리 마련해놓고 나면, 돈이 아니라 꿈을 버는 일이니 얼마나 신명이 나겠는가.

앞으로 무슨 일이 있을지 모르는데 그렇게 저축해 놓은 것이 없으면 어쩔 셈이냐고 하겠지만, 아직 일어나지도 않은 일까지 걱정해가면서 어찌 행복을 찾겠는가. 일어나면 그 때 가서 걱정하면 되는데 미리부터 불행을 예견할 필요가 없다.

말이 씨가 되듯이 생각도 거름이 될지 모르는 일 아닌가. 돈이 있으니 큰 병이 나고, 사기도 당하고, 강도도 당하고, 살인도 당하고, 가족 간에 싸움질도 하는 것 아닌가. 저축해 놓은 것도 없는 놈한테 무슨 큰일을 주겠는가. 하늘님, 땅님이 다 알아서 처분해 주시겠지.

욕심 때문에 지킬 것이 많은 사람의 인생은 무거운 것이고 더 이상 잃을 게 없다는 것은 그만큼 채울 것이 많다는 것이 아니겠는가.

내가 누구에게 돈을 줄 때는 송금구좌에 입금을 시키거나, 직접 전달할 경우에는 반드시 봉투에 넣어 준다. 심지어 손자에게 세배돈 천 원을 줄 때도 봉투에 넣어주며 두 손으로 주고 두 손으로 받게 하는 것은, 돈이란 귀하고 소중한 것이라는 것을 나와 상대방이 함께 느끼게 하려는 생각이다.

'돈 님, 나는 당신을 지극히 사랑합니다. 그러나 나는 당신에게 추호도 굴복하지 않습니다. 왜냐하면 당신은 단지 종이에 불과한 나의 몸종이며, 가슴을 가진 내가 당신의 주인이기 때문입니다.

한 때 돈이 많아 당신의 종노릇을 했던 쓰라린 경험을 맛보았고, 그 때 나의 돈 그릇 크기를 알고부터는 넘쳐나기 전에 내 그릇 안에서만 당신을 가두어두려고 합니다.

돈은 찾았지만 행복은 찾지 못했고, 돈은 잘 못쓰면 최대의 적이라는 것도 알고 있으며, 당신은 언제나 주인이 될 수 있는 귀하고 위력적인 존재란 것도 알고 있습니다.'

돈을 잘 버는 사람이 아니라, 돈을 더 가치 있게 쓸 수 있는 사람이 되기를 희망하며 카네기의 말을 생각해 본다.

"부자로 죽는 것만큼 수치스러운 것은 없다."

딱 하루만 빌리 주시다

:::::::: 어머니날에 내보낼 기고문을 쓰며 좀 울었습니다. 오월이 오면 그렇게 어머니 생각이 나네요. 글을 쓰다 보니 참 후회스럽습니다.

하눌님, 더도 말고 덜도 말고 딱 하루만 빌리 주시다.

대신 저를 일 년 먼저 데려가셔도 괜찮습니다.

내 인생 칠십 년을 하눌님 뜻대로 살지는 못했어도, 후회도 없고 미련도 없으며 나름대로 아름다운 추억과 좋은 인연들로 인해 참 행복했습니다.

그러나 딱 한 가지, 너무나 큰 죄를 지어 땅을 치며 후회하는 게 있습니다. 인간으로써 해야 할 가장 근본적인 효도를 다 하지 못했다는 것을 당신들을 떠나보내고 난 후에야 알게 된 것입니다. 어리석게도 그것을 알았을 때는 이미 너무 늦어 버렸습니다.

"아부지, 어무이하고 마트에 가서 맛있는 반찬거리 사 올 동안에 아부지는 예술촌에 먼저 가서, 나무 옮겨 심을 준비 좀 해 주시다."

아버지는 일을 하시는 것이 즐거움이었고, 자식들 일을 거들어주는 것을 무척 좋아하셨습니다.

"어무이, 오늘 물건 사는 이 카드는 내 돈이 나가는기 아니라, 국가에서 노인들 반찬 사 드시라고 무료로 주는 깁니다. 오늘 안 쓰면 버려야 하는 기라서 지금 다 써야 됩니다."

그제야 어머니는 부랴부랴 좋아하시는 생선과 육고기를 장바구니에 챙겨 담습니다.

자식 돈 드는 일은 절대로 안 하시려는 어머니에게 제가 거짓말을 한 것입니다.

아침 일을 마치고, 어머니가 차려주신 밥상에 두 분과 같이 둘러앉아 이야기꽃을 피우며 맛있게 먹겠습니다. 살아생전에 언제나 아버지와 나는 겸상이었고, 어머니는 한 쪽에서 반찬도 제대로 없는 상에 혼자 앉아 드셨지 않습니까?

바보 천치처럼 그 때는 당연히 그렇게 하는 것인 줄 알았습니다.

"아부지, 아침 잡숫고 이동장 구경하고 금산 보리암 갔다 와서, 점심은 진짜 전복 잘 하는 집이 있는데 거기 가서 죽 하고 전복구이 잡숫도록 하입시다. 전에 그 집 사람들이 내한테 신세진 일이 있어서 오늘 꼭 부모님 모시고 대접하고 싶다 하니, 공짜로 주는 거 많이 잡수셔야 됩니다."

저는 단 한 번도 두 분을 내 차에 태우고 당신들이 태어나신 남해도 돌아보지 못했으며, 같이 여행 한번 다녀보지 못한, 죽을죄를 지은 놈입니다.

그렇게 같이 있고 싶어 하고 그렇게 이야기 하고 싶어 하셨는데, 영원히 계실 줄만 알고 늘 다음으로 미룬 바보 멍청이입니다.

"아부지, 오후에는 연륙교 구경하고, 부곡 온천 가입시다. 어무이는 손자며느리가 모시고 등 밀어드릴 낍니다. 거기 사장이 내 후배라 전부 공짜로 헐낍니다."

단 한 번도 같이 목욕을 가지 못했고, 등도 밀어드리지 못해 봤습니다. 생각하면 할수록 저는 죄인입니다.

사진작가랍시고 거들먹거렸지만 부모님 사진 한 장 찍어드리지 못했고, 셋이 찍은 사진 한 장이 없습니다. 오늘은 사진 백 장만 찍을랍니다.

저녁은 아버님 좋아하시는 노루고기 두루치기를 숯불로 구워 드리렵니다. 하루 종일 한시도 떨어지지 않고, 1분도 입 닫는 일 없이 쉴 새 없이 씨부려 볼랍니다. 그렇게 같이 있고 싶어 하고, 그렇게 아들 이야기를 듣고 싶어 하던 부모님께 입이 부르트도록 이야기 해볼랍니다.

더 이상 이야기 할 기력이 없을 때, 어머니 무릎 베고 잠이 들랍니다. 돌아가시는 날까지 '우리 금호'만 생각하시던 어머니가 나를 실컷 만져보시고 가시도록 죽은 듯이 잠든 척 할랍니다.

큰일도 대단한 일도 하는 일없이 그저 하루 종일 아부지 어무니 옆에 붙어만 있어 볼랍니다.

언제나 머리맡에 계시는 부모님 사진 볼 때마다 고개 좀 들 수 있도록, 그리운 추억 으로 남을 수 있도록, 하눌님, 딱 한번만, 딱 하루만 빌려주시다.

제가 하늘나라로 갈 때 하눌님 선물 잔뜩 지고 가겠습니다.

빈 깡통

:::::::: 빈 깡통이 시끄럽다고 한다. 시끄러운 걸 보면 나는 속이 텅 빈 깡통인 게 분명하다. 계획을 세우고, 실행도 하기 전에 동네방네 까발리고 다닌다. 상상을 말로 내뱉고 나면 그것이 올가미가 되어 진땀을 흘리며 발버둥을 친다.

미담이 늘 하는 이야기다.

"사냥감을 잡으려면 숨도 죽이고 소리 없이 실금 살금 다가가야 하는데 선생님은 미리 너 잡으려간다고 큰 소리를 쳐 버리니 어찌 잡겠습니까?"

"아니다. 숲 속에 있는 사냥감들을 잡기 좋은 들판으로 끌어 내리려면 북 치고 장구 치며 큰소리로 떠들어야 하는 기다."

그랬다. 뭐 하나 계획을 세우면 조감도가 그려진 종이 한 장 달랑 들고 방방곡곡 돌아다니며 소문을 내곤 한다. 그들에게 한 이야기가 거짓말이 되지 않도록 최대한 나 자신을 꼼짝 못하게 만들어놓고 반드시 이루어내고야 만다. 여행도 마찬가지다.

벌써 봄부터 만나는 사람한테마다

"올 가을과 겨울에는 아프리카와 남미로 여행을 갈 끼다."라고 아무런 계획도 없이 떠들어 버렸으니 갈 수밖에 없다. 일부터 저지르고 나서 여행 경비를 마련하려니 힘이 든다. 그런데 동네마다 소문을 내고 나면 희안하게도 사람들이 모이고, 정보가 모이고, 돈이 모이고, 지혜가 모여서 일이 성사 되는 것이다.

그래서 언제나, 어디서나 기차 화통을 삶아먹은 듯한 목소리로 떠들어대니 도저히 밀담이 되지 않는다. 이런 탓에 죽다 깨어나도 비밀요원 같은 것은 되지 못하리라.

이십여 년쯤 전에 남해 문화예술촌현 독일마을과 원예예술촌과 예술창작 스튜디오현재 해오름예술촌조감도 한 장을 들고 이곳저곳 후비고 다니면,

"꿈 좀 깨라. 당신이 어찌 그런 일을 이루어낼 수 있으며, 설사 이루어낸다고 해도 절대로 성공하지는 못할 거다."

"할 일이 없으니 공갈치고 돌아다니면서 세월 보내고 있네."

거의 모두가 부정적이었고 믿어주지 않았다. 그러나 모두 다 성공했고 예견대로 이루어졌다.

'오르고 또 오르면 못 오를리 없건마는 사람이 제 아니 오르고 뫼만 높다 하더라.'

이제는 많이도 달라졌다. 강산이 변한다는 세월 동안 초지일관 나를 믿고, 세상을 믿고, 목표를 향해 온 정열을 쏟아내며 멀리 보고, 높이 보고, 크게 본 덕분이리라.

"들고 다니는 것이 뭐고? 나도 좀 끼일 수 없나?"

"나도 투자 좀 하도록 한 다리 끼워 주소!"

투자할 땅을 갖고 오는 사람, 자본을 가져오는 사람, 함께 나눌 지혜를 가져오는 사람들로 만원사례다.

이제 마지막 내 인생의 기념비를 세우려고 한다. '보물섬 아트랜드', 30만평의 부지와 거대한 자본이 투자되어야 하는 사업이다. 맨손 하나로 100미터 중 벌써 30미터의 벽은 넘어섰다. 혈압이 오르고 조금은 숨이 가쁘다. 밤잠을 설치며 온갖 상상의 나래를 편다.

자다가도 벌떡 벌떡 일어나 정말로 춤을 춘다. 한밤중에 집 옆 개울에 나가 발을 물에 담그고 밤하늘의 별을 세어본다. 별이 보이지 않는 흐린 날에도 구름 위에 있을 별을 헤아리며 내가 살아 있음에 감사하고 아직도 온 정열을 쏟아부을 일이 있다는 것이 얼마나 행복한지 물속에서 덩실 덩실 춤사위를 펼쳐본다.

'감사합니다. 별 볼일 없는 하찮은 저에게 이런 기회를 주셔서 고맙습니다.'

단 한번 뿐인 이 세상에 발자국 하나쯤은 찍고 가야 하지 않겠는가. 이제부터 더 많은 사람들을 만나고 세계 방방곡곡을 돌며 배우고 익힐 것이다. 아직까지 뛸 수 있는 멀쩡한 사지와 정열을 점지해주신 하늘과 땅님에 늘 감사하며 피가 나도록 나 자신을 채찍질 하며 만인이 행복해 할 그런 공간, 그런 작품 하나 만들어 놓고 가리라.

모두가 사람 냄새를 풍기며, 생전 처음으로 달님과 별님들과 소통하며 이 세상에서 자신이 가장 소중하고 귀한 사람임을 느끼게 하리라. 속이 텅 비어 요란한 소리만 내던 빈 깡통이 신념과 확신으로 가득 채워진 무거운 깡통이 되어 바위가 될 때까지.

누가 그럴 줄 알았나

:::::::: 작금의 사회적 화두는 단연 노인 문제와 노후설계 문제이다. 그래서 다들 법석을 떨고 있는 실정이다. 국내 독거노인은 이미 백만을 넘어선지 오래되었다. 빠르게 고령화사회로 진입하면서 가족과 떨어져 혼자 사는 노인이 백만 세대를 넘어 점차 증가하는 추세라고 한다.

통계층의 조사에 따르면 2023년에는 이백만 세대를 돌파하고 2032년에는 삼백만을 넘을 것이라고 한다. 지금도 1인 가구의 25,7%를 차지하는 홀몸노인이 절반을 훨씬 넘을 것을 생각하니 그저 아찔하기만 하다.

노병이사老病離死. 반드시 늙고 병들고 이별하고 죽을 것임을 어째서 그렇게 모르고 살았으며, 왜 이렇게 늦게야 알게 되었다는 말인가. 그러면서도 이제나 저제나 하며 미련과 연민을 버리지 못하고 그저 무지렁이처럼 착하게만 살아가는 우리의 노인네들을 생각하면 측은지심을 금할 수가 없다.

"누가 그럴 줄 알았니?"

"내가 어떻게 키운 놈들인데 설마 그렇게까지 할 줄 알았니?"

"오로지 너희들 뒷바라지 하느라 뼈 빠지게 일하고 가진 거 다 준 우리한테 어째 이럴 수가 있냐?"

누가 뼈 빠지게 일만 하고, 다 주라고 했단 말인가? 오로지 내가 한 일이고, 내가 저지른 일이다. 그런데 모두 자식들의 잘못으로 돌리고 질타하면서 노인들은 단지 피해자일 뿐이라고 감싸기만 한다.

그렇다면 그 노인들은 그들의 부모님께 효도하며 살았는지, 인과응보因果應報의 과果는 아닐는지 한번쯤 생각해봐야 하지 않을까.

1등이 되기만을 요구하며 출세와 부를 위해 이기심을 부추긴 적은 없었는가. 그들에게 아름다운 삶의 의미와 진정한 행복을 이야기 해본 적이 있는가.

그저 내 자식이 일류가 되어야만 한다는 일념으로 학원과 입시지옥으로 몰아넣기만 하지 않았는가. 그들과 진솔하게 자연과 우주 이야기를 나누며 즐겨본 적이 있는가.

당장 코앞의 문제만 볼 게 아니라, 자신에게 씌워진 굴레가 과연 어디서 시작되었는지, 누가 만들어 놓은 것인지 차분하게 생각해 볼 때이다.

나도 지금 노인이다. 그렇지만 노인의 편을 들 수가 없다. 내가 노인이라고 하는 것도 내가 스스로 인정하는 것이 아니라, 숫자상으로 그 정도의 나이라는 것일 뿐. 나는 기력이 소진되어 내가 죽는 날까지 펄펄 끓는 용광로처럼 살아가려고 한다.

좀 더 오래 살고 있다는 이유로 자식들에게 외면당하고 사회적으로 핍박받아야 한다면, 나는 도저히 용납할 수 없고 인정하지도 않을 것이다. 자세히 들여다보면, 이 모든 것들은 남에게 받는 것이 아니다. 나에게 있었던 것을 내가 이미 저질러 놓은 것을 끄집어내는 것일 뿐이다.

자식들의 삶에 끼어들어 왈가왈부하는 우를 범하지 말자. 그들도 자신들이 짊어지고 있는 멍에와 같은 엄청난 삶의 무게에 허덕이고 있는 고된 사람들이 아닌가.

존중해 주고 격려해주면서 그들을 주인으로 모실 것이 아니라 내가 주인이 되자. 언제나 바깥에서 구하려고 안달 할 것이 아니라, 내안에 있음을 알고 내가 흘린 땀으로 인해 기뻐하고 즐거워 할 사람들이 있다면 그것으로 만족하고 행복해 하리라.

나에게 노후 설계는 없다. 이미 늙어가고 있으며, 병들 때는 병들 것이고, 이별할 때는 이별할 것이다. 비우고 또 비우고, 채우고 또 채워 가면서 내 인생은 철저히 내 책임으로 지켜 나갈 것이다.

오를 때는, 오르는 것만 생각하고, 내려올 때는 내려오는 것만 생각할 것이다. 오르면서 내려올 걱정을 하는 것은 걸림돌이 될 뿐이다. 다 내려왔다는 것이 아니고 새로 오르려 하기 때문이다.

만족하면 거기서 끝이고, 욕심 때문에 지킬 것이 많은 인생은 무겁기만 할 뿐이다. 그저 오늘이 그 마지막 날이라고 생각하며 나는 열심히 춤을 추리라.

아이스크림 한 개

::::::::: 예술촌 매점을 관리하는 중국 산둥성 한족 아주머니가 고향으로 휴가를 간 사이 내가 대신 매점 일을 보고 있을 때의 일이다. 어린 여자아이를 데리고 온 아주머니가 천 원짜리 한 장을 내고 아이스크림을 한 개 사고 난 후 거스름돈을 달라고 했다.

"아주머니 한 개에 천 원인데요."

"그러니까 오천 원짜리를 주었으니 사천 원을 주세요."

"분명히 방금 받은 것은 천 원짜리 한 장인데요."

"이 아저씨가 웃기네. 내가 분명히 오천 원짜리를 주었는데……."

더 이상 실랑이를 할 수 없었다. 다른 사람들이 많이 있으니 체면도 체면이지만 혹시 내가 잘못 보았는지도 모른다고 생각했다. 마침 금고 안에는 오천 원짜리가 한 장도 없었지만 억지로라도 그렇게 생각해 버리는 것이 내 삶의 방식이다. 그리고 끝까지 우겨 진실을 밝혀본들 하나도 즐겁지 않을 뿐만 아니라, 얻는 것보다 잃는 것이 더 많을 것이라는 생각이 들면 즉시 포기해버리기 때문이다.

'억울하게 당했다, 그래도 내가 참자'라는 생각이 들어 그러는 것이 아니라 진정으로 상대편의 말이 옳다는 생각이 들어서이다.

"아, 미안합니다. 내가 잘못 본 모양입니다, 정말로 죄송합니다. 거스름돈 여기 있습니다."

사천 원을 받은 그녀는 그래도 별로 기분이 안 좋다는 모습으로 예술촌을 떠났고, 나는 즉시 그 일을 잊어버렸다. 생각해서 좋은 일이 아니면 금방 깨끗이 잊어버리는 재주를 타고 난 나는 그래서 생각없는 바보처럼 늘 행복하다. 생각이 나는 일은 모두 즐겁고 좋은 일들뿐이니까. 누군가가 그랬다. '두 번째 화살은 맞지 마라.'고.

그리고 난 후 두어 시간쯤 지났을까. 다시 그 아주머니가 예술촌 매점으로 뛰어왔다. 가다가 휴게소에 들렸는데 자기 수중에 한 장 뿐이었던 오천 원짜리가 바지 주머니에서 나와 돌려주려고 다시 왔다는 것이다.

"미안합니다. 지갑 속에 넣어놓은 줄 알고……"

"돌아오는 기름 값이 더 들었을 텐데 괜히 제가 미안합니다."

얼마나 좋은 사람들이 많이 사는 세상인가. 고맙다는 인사와 함께 딸아이가 먹을 과자와 인형을 봉지에 담아 드리면서 나는 새삼 세상이 꽃보다 아름답다는 것을 실감한다. 올해에도 그 아주머니는 가족 모두를 데리고 다시 예술촌을 찾아왔다. 천 원짜리 아이스크림 한 개의 인연도 이렇게 좋을 수가 있다. 좋은 인연이 되는 첫걸음은 언제나 내 생각보다 타인의 생각이 더 옳다는 데서 시작된다는 평소의 생각을 다시 한 번 굳히게 하는 즐거운 여름이었다.

세월이 약이란다

:::::: 세월이 약이라고 한다. 과거에 뼈저리게 아팠던 병들도 흐르는
세월이 약이 되어 자연적으로 치유가 된다는 것이리라. 그러나 과거에
아파 본 기억이 없는 나로서는 좀처럼 이해하기가 힘든 말이다. 아파 본
적이 없으니 나을 병도 없지 않은가.

그런 인생이 어디에 있느냐고 되물을지 모른다. 그러나 어제의 불행
이라고 생각되었던 병은 오늘이 되면 곧바로 그리운 추억이 되었다. 그
리고 그 모든 병들은 어제보다 더 나은 오늘의 나를 만드는데 특효약이
되었다.

잊어야 하는 병이 아니라, 내 삶의 구석구석에서 만나야만 했던 필연
적이고도 소중한 인연들이었다. 사기를 당한 것이 아니라 더 큰 사기를
당하지 말라는 세상의 가르침이었고, 도둑을 당한 것이 아니라 가진 것
을 나누어 쓰라는 교훈이었다.

실연은 아픔이 아니라 언젠가 다시 만날 새로운 연인에 대한 지침서
가 되어, 내가 한 단계 성숙해질 수 있도록 해주었다. 그것은 링거액이

되어주었으며 완숙함으로 나아가는 길목에서 내게 꼭 필요했던 덕목이 되었다.

논어 <위정편>에 나오는 공자의 말이다.

오십오이지우학吾十有五而志于學 나는 열다섯에 학문을 뜻을 두고

삼십 이립三十而立 서른에 삶의 기초를 이루고

사십이 불혹四十而不惑 마흔이 되어 남의 의견에 현혹되지 아니하고

오십이 지천명五十而知天命 쉰에 하늘의 뜻을 헤아리고

육십이 이순六十而耳順 예순이 되어 귀가 순해지고남의 말을 잘 들음

칠십이종심소욕불유구七十而從心所欲不踰矩 일흔에 하고 싶은 바를 해도 법도를 넘지 않았다.

이 말대로라면, 이제 나도 담뱃잎에서 처음 난 잎을 따낸 뒤에 다시 돋아난 잎사귀로 비유되는 이순耳順의 나이도 중반을 넘어 고희古稀를 바라보는 나이가 되었다. 과연 고희의 고갯마루 위에 당당히 설 수 있을까?

되돌아보면 서른에 이립도 못하고, 사십에 불혹도 되지 못했으며, 오십에 하늘의 뜻을 헤아리지도 못했으나, 나름대로 부지런히 살았고 후회는 없다.

사람들은 모두다 세월은 참 빠르다고들 하나, 뒤돌아보면 나의 세월은 너무나 더디게 흘러온 것 같다. 소중한 자신의 인생을 남에게 비유할 수는 없겠지만, 유독 내 인생은 크든 적든 간에 역전 드라마의 연속이었다. 잘한 일이든 못한 일이든 짧다고 하는 그 세월보다 훨씬 많은 일을

한 것 같다.

오랜 세월동안 많은 곳을 돌아다니며 많은 것을 보았고, 많이 느꼈으며, 하는 일들은 모두 다 재미있었다. 오를 때는 희망을 보며 올라갔고, 오르고 나면 내려와야 한다는 통찰력을 잊지 않았으며, 내려올 때는 또 새로 오르려 하는 것이라고 깨달으며 살아왔다.

올라가고 내려온다는 것 자체가 가시적으로 보이는 현상일 뿐, 모두가 한 점을 향해 걷거나 달리고 있으며 그 또한 종착역은 같지 않은가.

다 좋은 세상도 없고 다 나쁜 세상도 없다. 행복한 인생이란, 나쁜 것을 조금이라도 좋은 것으로, 더러운 것을 아름다운 것으로 바꾸어가는 것이다.

행복이라는 것은 애초부터 존재하지도 않은 허상일 뿐이다. 어쩌면 보이지도 않고 잡히지도 않는 행복을 쫓아가는 삶의 소중하고도 작은 일면이, 진정한 '행복'이 아닐까.

만족하면 거기서 끝이라는 생각으로 늘 새로운 것에 도전했고, 모든 힘을 다 쏟아부었으며 결과는 언제나 자신에 대한 희열 속에 감동의 드라마가 되었다.

사람들이 나에게 '나이 값을 하라'고 하면서 이제 그만 쉬라고 한다. 그러나 나로서는 내가 지금 하고 있는 모든 것들이 분명 나 자신의 나이 값이라고 확실히 못 박아 줄 자신이 있다.

언제나 운명에 순응하고 억지를 부리지 않았으며 성공과 실패와는 관계없이 하고 싶은 일을 하고 있다는 것만이 소중했고 행복했다.

아직도 얼마나 시간이 남았는지 알 수 없지만 나에게 주어진 소중한 시간들을 진정한 내 것으로 만들어 갈 수 있도록 최선을 다 할 것이다. 그리고 그냥 쉬는 일은 없을 것이다. 나는 달리면서 쉴 것이다.

공자님의 말씀대로 이순의 나이가 되면 남의 말을 잘 들어야 되겠지만, 듣고만 있기에는 아직 나의 피가 너무나 젊고 뜨거워 주체할 수가 없다. 나의 세월은 흐르지 않고 순간순간을 이어가고 있다. 되돌아보면 그 모두가 간직하고 싶은 순간들이었기 때문이다. 버리고 치료하기보다 더도 말고 덜도 말고 그 때 그대로 아파하고 싶다.

세월은, 무엇인가를 잊는 약이 아니라, 지나간 모든 것을 소중히 여기게 되는 내 인생의 가장 찬란한 보물이다.

"촌장님 연세가 얼마나 되셨는지요?"

"어! 집에 가서 주민등록증을 보고 와야 하는데요, 하하!"

바람처럼 구름처럼 나물 먹고 물마시고, 한 점 걸림 없이 살다 가리라.

안3과 하3

:::::::: 음력 정초가 되면 나잇살이나 먹었다고 여기저기서 덕담 겸 강연 초청을 한다. 정초에 하는 강연이므로 예를 들거나 설명하는 방법은 다르지만 주된 내용은 '안삼과 하삼'이다.

여러분들은 행복하기 위해 이 세상에 왔고 또한 반드시 행복해야 할 임무를 받고 왔다. 행복하지 못하고 저 세상에 간다면 조물주에 대한 배신이며 억울해서 곱게 갈 수도 없을 것이다.

조물주가 여러분을 세상에 보낼 때, 천문학적 숫자의 형제 자매들 속에서 가장 빠르고 잘난 녀석으로 골라 선택한 것이 지금 여기에 앉아 있는 당신들이 아닌가.

그러니 그 선택을 받지 못하고 사라진 형제자매들의 몫까지 행복하게 살아주어야 하는 것이 당신들에게 주어진 인생 육십 년의 절대적 사명이다. 더도 말고 덜도 말고 금년 한 해만 행복해보자. 그 행복의 방법은 바로 안삼과 하삼이다.

강의를 하는 방법은 청중을 끌어들여 그 자리에서 직접 몸으로 느끼며 행복을 바로 체험하도록 하는 것이다. '안3'은 하지 않아야 할 것 세 가지로 탐욕심내기, 진성내기, 치미워하기이며, '하3'은 하여야 할 것 세 가지로 '잘했다', '고맙다', '잊어버리자'이다.

우리네 중생들이 어찌 욕심을 안내고 살 수 있겠는가. 기왕이면 차라리 큰 욕심을 내자. 그러나 한 반에서 성적이 중간 정도인 자식에게 금년에는 1등을 하라거나 이백만 원 월급쟁이 남편더러 금년에는 일억을 모으자고 한다면 이루어질 수 없는 욕심이고 그래서 그것은 보이지 않는 욕심일 뿐이다.

큰 욕심은 최선을 다하면 이루어질 수 있는 욕심이다. 성내지 말자. 성내면 무조건 손해이며 지는 것이다. 뻔히 지는 싸움을 왜 하며, 알면서 손해 보는 짓을 왜 하나.

탐진치는 원래 불교의 삼독三毒이라 부른다. 이는 인간의 탐욕탐, 희망과 진에분노, 노여움와 우치어리석음를 뜻한다.

이 중에서 '치'는 무지와 어리석음으로 해석하며 '탐'과 '진'이 정적이라면, '치'는 지적인 번뇌로 설명되어야 하나, 그렇게 들어가기에는 정해진 특강시간으로는 설명이 불가하므로 내 생각대로 '미워하기'로 바꾸어 설명한다.

한편으로는 남을 미워하는 것 자체가 어리석은 일이 아니겠는가. 남에게 미움 받고 싶어 안달이 나면 미워하라고 한다.

"자, 지금부터 재미있는 하3으로 들어갑니다. 세 번 삼삼 박수치며 고함질러 봅시다. 자알 했다, 자알 했다, 잘했다!……

실컷 칭찬하고 나니 시원하지요? 나도 시원합니다." 그리고 예를 든다,

"딸내미가 퇴근한 아빠와 같이 마시려고 주스 두 잔을 만들어 쟁반에 담아가다가 넘어져 주스는 다 엎질러지고 컵도 한 개를 깨뜨렸습니다. 꾸중하는 순간, 아이는 버립니다. 다시는 부모님께 대접할 생각도 없어지고 오히려 반감마저 갖게 되며 컵 한 개만 달랑 들고 올 뿐 쟁반에 담아 오는 습관을 버립니다.

그러나 '잘 했다, 아이구야, 우리 공주님, 착한 일 하려다 큰 일 날 뻔했네. 컵도 두 개 중에 한 개만 깨뜨렸으니 정말 잘했다'는 칭찬 한 마디에 자식의 운명이 바뀝니다.

두 손 모으고 세 번 절하며 따라 합시다. 크게, 더 크게! 아버님, 어머님 참 잘 하셨습니다. 여보, 참 잘했어요. 아들아, 딸아 정말 잘 했다!"

"공기님, 해님, 달님, 바람님, 비님, 아버님, 어머님, 친구님, 신랑님, 아드님, 따님, 정말 고맙습니다, 30초 동안 눈을 감고 두 손을 모으고 정말로 고마운 것들과 고마운 사람들을 떠올려 봅시다. 어때요, 모두 고마운 것들뿐이지요?"

눈시울을 붉히는 분들이 참 많다. 눈을 감고도 보이는 것이 천지에 고마운 것들뿐인데 우리는 눈을 뜨고도 보지 못한 채 잊고 산 것이다.

"고맙지 않다고 생각이 들 때도 고맙다고 하십시오. 마지막으로, 잊어버립시다. 제발 빨리 잊어버립시다. 기왕에 떼인 돈 어쩌겠습니까. '내가 먹고 싶은 거 못 먹고 입고 싶은 거 다 참아가며 어떻게 모은 돈인데' 하고 계속 웅크리고 있으면 그것이 화병이 되어 또다시 제2의 화살을 맞는

근본이 됩니다. 비우고 나야 그 빈자리에 새 돈이 들어옵니다. 프랑스 속 담에 은혜를 받은 것은 대리석에 새겨두고 은혜를 베푼 것은 모래 위에 써 두라는 말이 있습니다.”

“자 이제 안3과 하3을 간추려서 금년 한 해의 좌우명을 만들어 드리겠습니다. <안욕성미, 하잘고잊> 금년 한 해 동안 이 여덟 자 외우면서 사실 분들, 손을 드시면 선물에 사인까지 해드리고 가겠습니다.”

아이구야, 모두 손을 드셨네. 참! 고맙습니다.

자동차 안에 싣고 다니는 '큰 세상' 책이 모자라지는 않으려나.

치매에 걸린 사람들

:::::::: 치매노인 문제로 떠들썩하고 있는 작금의 세태를 보며 만시지탄의 감을 느낀다. 치매는, 본인은 말할 것도 없고 가족까지 힘들게 만들며, 신이 내린 병중에서 주위사람을 가장 견디기 힘들게 한다는 불치병이라고들 한다.

급속한 노령화로 치매 환자 수가 계속 급상승해 2050년에는 280만 명 정도의 환자가 발생할 것이라며 정부가 국정 과제로 집중적으로 관심을 갖고 있는 실정이다.

그런데 늙고 노쇠해 기억신경 마비로 오는 현상인 노인 치매의 경우는 차라리 착하고 순수한 것이라는 생각이 든다. 정말 위험하고 불순한 중증 치매는 노인 치매가 아니라, 사회 곳곳에 만연하고 있는 일반 사람들의 치매증세일 것이다.

문제의 심각성은 그들 자신이 중증 환자임을 전혀 느끼지 못하고 있다는 것이며, 그것이 다른 사람들을 얼마나 힘들게 하고 있는지 모른다는 점이다.

정도의 차이는 있겠지만, 우리 모두 치매에서 자유스러울 수는 없는 것이 현실이다. 그런 면에서 나 또한 잊지 않아야 할 것들을 쉽게 잊어버리고 마는 치매환자이다. 중증 환자인지는 가름되지 않으나, 환자 중의 한 사람이라는 것은 변명할 여지가 없다.

단지 잊지 않아야 할 것은 잊지 않으려고 노력할 뿐이며, 프랑스 속담처럼 은혜를 입은 것은 대리석에 적어두고 반드시 갚아야 한다고 스스로 다짐하며 살아갈 뿐이다.

모르고 하는 죄가 알고 하는 죄보다 훨씬 크다고 했던가. 사람들은 자신은 치매 환자가 아니라고 부정하면서, 잊어서는 안 되는 것들을 쉽게 잊어버린다.

당선만 시켜주면 기꺼이 당신들의 종이 되겠다던 사람들이 금방 무소불위의 권력을 휘두르는 못된 주인이 된다. 당리당략과 집권 야욕의 아수라장에서 명예욕과 치부의 화신이 되어 치매환자가 되어버리는 것이다.

아이러니 하게도, 유권자도 똑같은 환자가 되어 4년 뒤에는 또 다시 오류를 범하는 모범 시민들이 되고 만다. 도대체 계란이 먼저인지, 닭이 먼저인지 구별이 되지 않는다.

자기가 누구 덕분에 사장이 되어 외제차를 굴리고 있는지도 모르며, 학생이 있기에 비로소 선생이 된 것도 모르는 교사도 있다.

반대로, 회사가 있으므로 식구들이 살아가고, 교사가 있어서 배울 수 있다는 것을 잊고 있는 치매 학생들도 있다. 심지어는 여행의 목적도 잊은 채 내려놓아야 할 짐들을 내려놓지 못하고 오히려 온갖 불평과 짜증으로 스트레스를 더 짊어지고 오는 사람들도 있다.

중국 친구들의 이야기다.

"한국 사람들은 중국에 와서 약속했던 일을 한국행 비행기를 타는 순간 잊어버리는 것 같아요."

구차한 변명을 해본다.

"한국은 너무 바삐 돌아가는 사회라 자기 일에 쫓기다 보니 그럴 수도 있겠지요. 그렇지만 모두 다 그렇지는 않습니다."

"그래도 잊을 걸 잊어야지, 그렇게 철석같이 약속한 중요한 것을……"

그렇다. 쉽게 약속을 하지 않지만, 최소한 약속한 것은 지키는 대륙인들의 눈에는 어쩌면 우리들 거의가 치매 환자로 보일지도 모른다.

십 만개의 돌을 계약하고 샘플 한 개를 더 보내라고 하면, 십만 한 개의 계산서를 보내는 사람들. 내가 만난 그들은 작은 약속도 잊는 적이 없었으며, 나 또한 그들에 대한 약속만은 잊지 않으려고 노력한다.

사람의 3대 행복 중의 하나가 '잊을 수 있다는 것'이라는 말처럼 잊어야 할 것들도 있다. 그러나 최소한 '잊어야 할 것'과 '잊어서는 안 될 것'을 구분할 줄 아는 건강한 치매 환자가 많아지는 사회를 기대해본다.

운명을 녹이리라

::::::: 텔레비전에서 인생역전의 드라마틱한 주인공들이 등장해 자신
이 살아온 삶을 생생하게 이야기하는 프로를 종종 볼 수 가 있다.

고향 시골에 들어와 고생 끝에 양계업으로 성공한 사람의 이야기이다.
IMF로 인해 많은 사람들이 도산할 때, 주인공도 마트를 운영하다 이십
억이나 되는 전 재산을 날리고 고향으로 돌아와 하는 일없이 빈둥댔다
고 한다.

어느 날 우연히 병아리를 파는 사람을 만나 단순히 노란 병아리가 예
쁘다는 생각만으로 삼십 마리를 샀다. 그때 그의 수중에 있는 삼십만 원
이 그가 가진 전부라고 했으니, 전 재산을 다 털어 넣은 셈이다.

그리고 이십구 년이 지난 지금, 그 때의 병아리 삼십 마리는 삼십억이
라는 재산을 만들어주었을 뿐만이 아니라 온 가족을 행복하게 해주고
있다고 한다.

한 번도 닭을 키워본 적이 없고, 키운다는 생각도 안 해본 사람이 전
재산을 투자할 만큼 병아리가 예쁘게 보이게 된 것은 하늘이 베풀어준

운명運命이 아닐까.

하늘은 결코 큰 것을 주지 않으며, 누구에게나 정확하고 공평하게 기회를 준다. 다만 그걸 받느냐, 받지 못하느냐는 것은 순전히 자신의 몫이며, 거기에 따라 운명이 결정된다.

자기가 하고 있는 일이 잘 되지 않을 때, 사람들은 흔히 자신에게만 운이 따라주지 않는다며 한탄을 한다. 그러나 그건 천만의 말씀이다, 누구에게나 똑같이 주어진 운을 볼 줄 모르고 느끼지 못해 제대로 운을 잡지 못하거나, 어렵게 잡은 운도 게으름과 교만으로 놓치고 마는 것이다,

하늘은 단지 운명이라는 무대만 펼쳐놓을 뿐, 각색하고 연출하며 춤을 춰야 하는 것은 오로지 자신의 능력이다.

거기에 몰두해 즐기면서 초지일관 열정을 다해 자신의 모든 것을 다 쏟아 부을 때 삶은 불후의 명작이 될 것이며, 관객들에게 박수 받는 감동을 주지 못할 때, 그 무대는 자신도 후회하는 졸작이 되고 말 것이다.

돌이켜 보면, 나에게도 몇 차례의 기회가 있었으나, 무지와 나태와 성실하지 못한 태도로 인해 다 잃어버리고 말았다. 그 졸작의 주인공이 바로 '나'였다는 것을 아는데 오랜 시간이 걸렸다.

그렇게 기회가 주어졌을 때는 그저 하늘에서 덜렁 떨어지는 떡인 줄 알았고, 내가 잘 나서 당연히 받는 줄 알았다. 그 때, 좀 더 참고, 좀 더 베풀고, 좀 더 사랑하고, 좀 더 겸손했더라면……

그러나 다행히 하늘은 아직까지 기회를 주고 있으며, 어떤 태도로 내가 삶을 받아들이고 있는지 쉼 없이 주시하며, 한편으로는 언제라도 소

리 없이 거두어갈 준비를 갖춰놓고 있다.

행복한 여행은, 목적지인 점点이 아니라 목적지로 향해가는 선線의 느낌과도 같은 것이다. 이제 삶의 과정을 즐기며 운명과 함께 할 것이다.

춤춰라, 아무도 보고 있지 않은 것처럼

사랑하라, 한 번도 상처받지 않은 것처럼

노래하라, 아무도 듣고 있지 않은 것처럼

일하라, 돈이 필요하지 않은 것처럼

살아라, 오늘이 마지막인 것처럼

세상에서 삶을 껴안고 뒹굴면서, 윤동주의 시 구절처럼, 하늘을 우러러 한 점 부끄럼 없이 막을 내리리라. 주어지는 운명을 내 삶의 용광로에 집어넣어 활활 태워버리리라.

혼자서 가는 길

❀

:::::::: 어떤 사람들은 날더러 그렇게 혼자 달리면 힘들지 않느냐고, 또 외롭지 않느냐고 묻는다.

그럼, 같이 가 주겠느냐고 하면,

"당신은 날아가고 나는 걸어가야 하는데 어떻게 같이 갈 수 있느냐?" 고 이내 꼬리를 뺀다.

당신들이 날지 못하는 이유는 단 하나, 자신을 키우는 투자에 인색하며, 자신을 완벽하게 믿지 못한다는 것이다. 고기를 잡을 생각만 하고 잡는 법을 배우려 하지 않으며, 잉어를 낚기 전 한달 전부터 떡밥을 놓을 생각은 하지 않고, 오늘 당장 큰 잉어를 낚아 보겠다는 황당한 대박의 꿈만 꾸고 있기 때문이다.

노심초사 자신은 어디론가 사라져버리고, 그 빈자리에는 어느새 허황된 욕심, 겉치레뿐인 체면, 아집과 의심으로 가득 채워놓고 있다.

머뭇거리고, 뒤돌아보면서 마치 천 년이나 만 년이나 살 것 같이 이리 재고 저리 재가면서 한치 앞도 나가지 못하고 개미 쳇바퀴를 돌듯이 맴 맴 돌고 있을 뿐이다. 남들이 잘나가는 것을 시기하고, 부러워하면서 정작 자신의 인생에는 방관자가 되어 있는 것이다.

빈손으로 와서 어떻게 살든 본전은 보장되어 있는 인생인데 무얼 그리 머뭇거리고, 누굴 그리 의심하며 살아가는지 도저히 이해가 되지 않는다.

'빨리 가려면 혼자서 가고, 멀리 가려면 함께 가야 한다.'는 말은 최소한 나에게는 통용되지 않는 말인 것 같다. 오히려 '혼자서라도 빨리 가고, 멀리 가고 싶거든 먼저 보고, 멀리 보면서 철저히 자신을 믿어라'라고 말하고 싶다.

늘 혼자 달리면서도 멀리 왔고, 빨리 왔으며, 여전히 급히 혼자서 달리고 있다. 힘들지도 않고 외롭지도 않거니와 오히려 더 열심히 공부하고 뜨겁게 미쳐서 지낸다.

또한 그것이 나에게 주어진 최선의 삶이라 여기며 숙명처럼 묵묵히 받아들이고 낙타를 거꾸로 타고 광야를 달리는 돈키호테가 되거나, 고독한 방랑자가 되어 도포를 휘날리며 세계의 하늘을 날아보기도 한다.

혼자라는 것에 희열을 느끼며 혼자만이 향유할 수 있는 즐거움에 도취되기도 하지만, 때로는 일등도 꼴찌도, 성공도 실패도 모두 한 몸으로 감내하며 무거운 멍에를 지기도 했다.

그러나 꼴찌를 할 때는 언젠가는 일등을 할 것이라는 꿈에 부풀었고, 실패를 할 때는 성공을 하는 법을 배우며, 이 모든 것을 다 내 것으로 받아들인다. 언제나 내가 일등이었고 꼴찌였으며, 성공과 실패가 모두 같은 것이었다.

어떨 때는 변명도 해보고 싶고, 한번쯤은 누군가에게 기대어 짜증도 부리고 투정도 해보고 싶었지만, 둘러보면 언제나 혼자였다. 기댈 만한 언덕도, 누울만한 자리도 보이지 않았다.

미국서부를 여행할 때, 사십여 명의 일행 중 유독 혼자인 나를 보고 "연세도 많으신 것 같은데, 어찌 혼자 다니시느냐"고 묻는 사람에게 그냥 웃기만 했다.

"나는 연세도 많지 않으며, 당신들 둘이서는 절대로 볼 수 없는 것을 나는 혼자이기 때문에 볼 수 있고, 즐길 수 있다오."라는 말을 속으로 되뇌곤 한다.

둘이 하면 혼자 하는 것보다 훨씬 쉽고 더 빨리 잘 될 것 같지만, 세상 일이 다 그렇지는 않으니 세상사는 맛이 그 안에 있지 않겠는가. 그래서 세상은 끝까지 살아볼만한 가치가 있으며, 보듬고 가야할 소중한 것이다.

날더러 자유인이라고 부르며 조금은 부러워하는 사람들도 있지만, 그것은 단순히 겉으로 보이는 부분일 뿐이다. 책임을 같이 나눌 사람도 없으며, 브레이크를 대신 잡아 줄 사람이 없으니 철저한 자기통제와 절제가 필요하다.

날기 위해서는 먼저 기어야 하고, 떠나기 위해서는 멈추어져 있을 때의 고통을 감내할 줄 알아야 한다. 그런데 이러한 것을 아무도 알려고 하지 않는다.

어쩌면 남들이 모른다는 것이 다행이다. 그 비밀을 가슴속에 묻어두고, 즐기며 달릴 수 있는 행복한 연결고리로 만들어가고 싶다. 거침없이 달려온 자동차의 브레이크는 오직 나만이 제동을 걸 것이며, 혼자 가는 그 길이 모래사막이나 진흙 언덕일지라도 종착역까지 쉼 없이 달리리라.

결국 누구나 혼자 가야 하는 길, 편안한 길도 험난한 길도 다 흔쾌히 받아들이며 아낌없이 사랑하며 신나게 달려갈 것이다.

참 좋은 세상이었네

1판 1쇄 인쇄 2016년 10월 10일
1판 1쇄 발행 2016년 10월 19일

지은이   정금호
발행인   김소양
편집   권효선
마케팅   이희만, 장은혜

발행처 ㈜우리글
출판등록번호 제321-2010-000113호
출판등록일자 1998년 06월 03일

주소 경기도 광주시 도척면 도척로 1071
마케팅팀 02-566-3410 편집팀 031-797-3206 팩스 031-798-3206 / 02-6499-1263
홈페이지 www.wrigle.com 블로그 blog.naver.com/wrigle
대표메일 wrigle@hanmail.net

값은 표지에 있습니다.
ISBN 978-89-6426-080-7 03810
잘못 만들어진 책은 구입하신 서점에서 교환해드립니다.